EN DEUDA CON EL JEQUE
Annie West

WITHDRAWN

HARLEQUIN™

Editado por Harlequin Ibérica.
Una división de HarperCollins Ibérica, S.A.
Núñez de Balboa, 56
28001 Madrid

© 2018 Annie West
© 2019 Harlequin Ibérica, una división de HarperCollins Ibérica, S.A.
En deuda con el jeque, n.º 2673 - 9.1.19
Título original: Inherited for the Royal Bed
Publicada originalmente por Harlequin Enterprises, Ltd.

I.S.B.N.: 978-84-1307-358-3
Depósito legal: M-35050-2018
Impresión en CPI (Barcelona)
Fecha impresion para Argentina: 8.7.19
Distribuidor exclusivo para España: LOGISTA
Distribuidor para México: Distibuidora Intermex, S.A. de C.V.
Distribuidores para Argentina: Interior, DGP, S.A. Alvarado 2118.
Cap. Fed./Buenos Aires y Gran Buenos Aires, VACCARO HNOS.

MIXTO
Papel procedente de
fuentes responsables
FSC® C108412
www.fsc.org

Este libro ha sido impreso con papel procedente de fuentes certificadas según el estándar FSC, para asegurar una gestión responsable de los bosques.

Capítulo 1

TRES hombres avanzaban por los relucientes pasillos de mármol del palacio del emir. Iban dejando atrás la gran sala del consejo, cuyas paredes estaban decoradas con lanzas, espadas y antiguos mosquetes y donde los marciales estandartes de brillantes colores colgaban como si estuvieran esperando la siguiente llamada a las armas.

Dejando atrás las suntuosas salas de banquete y de audiencias. Dejando atrás patios de columnas adornados con hermosos jardines en los que aún resonaba con fuerza el tintineo del agua de las fuentes a pesar de que ya era más de medianoche. El único otro sonido que se escuchaba era el de las duras suelas de las botas.

Dejando atrás la puerta tachonada que daba paso al vacío harén y, después, otra puerta que conducía al pasaje que se abría paso entre las rocas que sostenían la ciudadela, para conducir hasta las antiguas mazmorras.

Por fin llegaron al pasillo que conducía a la suite privada del emir.

Sayid se detuvo.

—Eso es todo por el momento.

—Pero, mi señor, nuestras órdenes son...

Sayid se dio la vuelta.

—Las órdenes han cambiado esta misma noche. Halarq ya no está al borde de la guerra.

Decirlo en voz alta le resultaba algo irreal. Halarq

había estado al borde de la guerra durante la mayor parte de la vida de Sayid principalmente, aunque no en exclusividad, con el vecino reino de Jeirut. Por eso, todos los hombres estaban armados y entrenados para defender a su país hasta la muerte.

Sayid pensó en todos esos años de conflicto, de escaramuzas en la frontera y de bajas. En las oportunidades perdidas para invertir en una vida mejor para la gente en vez de centrar toda la energía y todos los fondos en armamento.

Endureció la boca. Aunque no consiguiera nada más, él, Sayid Badawi, el nuevo emir de Halarq, había conseguido la paz para su pueblo. Ya se regocijaría más tarde. En aquellos momentos, lo único que deseaba era reclinar la cabeza sobre una almohada por primera vez en tres días y olvidarse de todo.

–Pero, mi señor, nuestro deber es protegeros. Siempre pasamos la noche en el puesto de guardia que hay junto a sus habitaciones –insistió el soldado inclinando la cabeza hacia el final del largo pasillo.

–El palacio está bien protegido por soldados y por las últimas innovaciones tecnológicas.

A pesar de sus palabras, los guardias no se movieron. Sayid sintió que empezaba a perder la paciencia.

–Os he dado una orden –rugió. Entornó la mirada y el guardia palideció.

Inmediatamente, la ira de Sayid se aplacó. El guardia, después de todo, solo estaba tratando de cumplir con el que creía que era su deber. En el pasado, cuestionar las órdenes del emir le habría reportado un castigo terrible.

–Tomo nota de vuestra devoción por el deber y por vuestro emir y os lo agradezco –dijo mirando a los dos guardias–, pero las normas de seguridad están cambiando. Vuestro comandante os informará de ello en breve. Mientras tanto, es mi deseo y mi orden que regreséis a la sala de la guardia.

Entonces, Sayid se dio la vuelta sin esperar respuesta y echó a andar.

—Eso es todo —añadió mientras avanzaba por el pasillo. Sus polvorientas botas iban dejando huellas sobre el impoluto suelo.

Hubo un silencio. Los guardias no se atrevieron a seguirle.

Sayid aspiró el aire fresco de la noche que provenía de un patio cercano. Aquella era la primera vez en días que estaba solo. La primera vez en la que se le permitía relajarse.

Aquella noche, los líderes de todos los clanes, gobernadores regionales y señores de la guerra celebrarían el fin de las hostilidades con efusividad junto a los suyos. La llanura situada frente a las murallas de la ciudad estaba llena a rebosar y el aroma de la comida cocinada sobre festivas hogueras se extendía por toda la ciudad. De vez en cuando, una descarga de fusilería indicaba que las celebraciones continuaban. Probablemente sería así hasta que despuntara el alba.

Mientras tanto, él estaría despierto en su despacho, en el despacho del que apenas había podido tomar posesión desde la muerte de su tío, inmerso en el papeleo y en los detalles diplomáticos que redondearían el acuerdo de paz. Una paz que garantizaría las fronteras, la seguridad de los viajeros al atravesar las fronteras e incluso el comercio y el desarrollo mutuo entre Halarq y Jeirut.

Sayid aminoró el paso y sonrió. Aquel acto le tensó los músculos.

¿Cómo podía culpar a los suyos por celebrarlo? Él haría lo mismo si no estuviera agotado por las largas negociaciones con Huseyn de Jeirut y por mantener a raya a sus generales más beligerantes lo suficiente como para impedir la provocación y la violencia. Algunos habían pensado, a pesar de su imponente carrera militar y su excelente reputación, que sería fácil convencerle para que siguiera con los planes de guerra de su predecesor. Sin embargo, la prioridad de Sayid era su pueblo, no la postura de unos ancianos a los que les parecía que la vida de los demás era algo prescindible.

Al llegar a las habitaciones privadas del emir, entró y lanzó un suspiro de alivio tras cerrar la puerta a sus espaldas. Por fin estaba solo.

Atravesó el despacho y la sala multimedia, el salón y el comedor privado para llegar al dormitorio. Miró inmediatamente la inmensa cama, que parecía llamarle. La colcha, bordada en azul y plata, que eran los colores del emir, había sido retirada. La lámpara del techo estaba apagada y la estancia quedaba iluminada tan solo por unas cuantas luminarias decorativas.

Sintió la tentación de dejarse caer sobre el colchón tal y como estaba. Seguramente, se quedaría dormido en segundos. Sin embargo, prefirió dirigirse hacia el cuarto de baño para ducharse primero.

Se fue quitando la ropa mientras caminaba e iba sintiendo que la tensión disminuía. Se sacó por último la camisa por la cabeza e hizo girar los hombros con apreciación cuando sintió el fresco aire de la noche sobre la piel.

Estaba a punto de quitarse la primera bota cuando algo le hizo detenerse. Se quedó inmóvil ante la certeza de que algo estaba ocurriendo. Su entrenamiento militar de toda una vida le puso en estado de alerta. Ocurría algo. Estaba seguro de ello.

Le estaría bien merecido haber despedido a su guardia para encontrarse la amenaza dentro de sus propias habitaciones. Sería el emir más joven y más breve de toda la historia de Halarq. ¡Menudo epitafio!

Con movimientos suaves, se envolvió la camisa que se acababa de quitar sobre el antebrazo izquierdo. La tela no detendría las balas, pero podría ayudarle a apartar una daga. No miró la larga cicatriz que le recorría ese brazo desde la muñeca hasta más allá del codo. Demostraba que una daga bien manejada podía cortar fácilmente varias capas de ropa.

Se volvió lentamente, aspirando profundamente para captar cualquier aroma inusual. Entonces, entornó la mirada y recorrió la oscurecida habitación.

No observó nada. Seguramente el agotamiento debía de estar interfiriendo en su percepción.

Se volvió lentamente hacia la cama y... Entonces, se tensó y se agarró instintivamente la daga ceremonial que llevaba en la cadera.

—¿Quién eres? —rugió—. ¿Qué es lo que estás haciendo aquí?

Mientras hablaba, la figura que había en el oscurecido rincón, más allá de la cama, se irguió. Era una figura pequeña, cuyo contorno quedaba desdibujado por la tela con la que se cubría los hombros y la cabeza.

Tras incorporarse, la figura hizo una reverencia inmediatamente en un silencioso gesto de obediencia.

Los sentidos de Sayid lo pusieron en estado de alerta. ¿Qué habría ocurrido si no se hubiera dado cuenta de que había alguien oculto en un rincón? ¿Habría esperado hasta que él estuviera de espaldas en la ducha o tal vez profundamente dormido para clavarle un puñal por la espalda?

¿Cómo había podido ser tan estúpido para desdeñar la preocupación que tenía su tío por la seguridad? El anciano había sido paranoico y errático, pero había sido también muy astuto.

—¡Ven aquí!

Inmediatamente, la figura dio un paso al frente.

–Mi señor –susurró una dulce voz, que acarició la piel de Sayid como si fuera la mano de una amante. Hizo otra reverencia. En aquella ocasión, cuando la figura se irguió, tensó la tela con la que se cubría.

Sayid la miró fijamente. ¿Una bailarina había sido capaz de invadir su intimidad? Sacudió la cabeza.

Las mujeres de su país no se vestían así. Las mujeres de Halarq se vestían con modestia. Algunas se cubrían el cabello, pero todas se cubrían el cuerpo.

Aquella no.

El deseo se apoderó del vientre de Sayid y le apuntó a la entrepierna mientras la examinaba. Ella llevaba una falda que le colgaba baja sobre las caderas y cuya gasa se plegaba delicadamente desde la curva de las caderas. Sayid podía ver claramente las esbeltas piernas a través de la tela. Incluso se podía admirar un tonificado muslo a través de una abertura de la falda.

Llevaba también el vientre al descubierto, que se curvaba deliciosamente en una estrecha cintura. Más arriba, había un corpiño muy corto y sin mangas que se le ceñía al cuerpo como si fuera una segunda piel y que estaba confeccionado con una tela muy brillante. El corpiño tenía un generoso escote y dejaba al descubierto la parte superior de unos sugerentes senos que subían y bajaban rápidamente por la alterada respiración de la mujer.

Sayid sintió que se le hacía un nudo en la garganta. Estiró los dedos y luego los curvó con fuerza, apretando los puños contra las piernas.

Debía ordenarle que se cubriera inmediatamente, pero esa no fue su primera reacción, sino la de estirar las manos y tocar aquel delicioso cuerpo. Estrecharla contra su cuerpo y gozar con el placer que el suave cuerpo de una mujer podía reportar a un hombre cansado desde hacía días, más bien semanas, por tratar de conseguir lo imposible: primero evitar que su tío invadiera Jeirut y luego, tras la muerte de su tío, encontrar el modo de conseguir una paz duradera entre dos naciones que habían estado enfrentadas desde siempre.

Examinó un rostro divino. Cabello oscuro, suelto. Pechos altos y erguidos, que temblaban con cada respiración. La imaginación de Sayid le decía que aquella piel sería cálida y suave. Sayid, al contrario de su tío, era un hombre de fuertes deseos y predilección por el placer. Sin embargo, al contrario también que su tío, Sayid se enorgullecía de saber gobernar su lado más sensual. No tenía intención de imitar a su tío en ese sentido. Prefería emular a su padre, que había sido un gran guerrero gobernado por un férreo código de conducta. Un hombre que canalizaba sus apetitos en el deseo de proteger y servir a su pueblo.

—Mírame —le ordenó.

Inmediatamente, la mujer levantó la cabeza. Sayid registró otro golpe invisible, en aquella ocasión en el plexo solar. Nunca había visto ojos como aquellos. Eran del color de las violetas salvajes de las montañas. Algo más oscuros que el azul, pero más suaves que el morado.

Frunció el ceño. No solo era una mujer muy hermosa, sino que también era muy joven, demasiado para estar a solas con él en su dormitorio.

—¿Quién eres?

—Lina, mi señor.

Una vez más, hizo una profunda reverencia. En aquella ocasión, Sayid la sintió en la entrepierna, endureciéndosela y tensándosela hasta lo insoportable cuando ella se inclinó ligeramente hacia delante. Parecía que los senos iban a quedar libres en cualquier momento.

—¡No hagas eso!

Ella parpadeó y miró más allá de él, por encima del hombro de Sayid.

–¿Hacer qué, mi señor? –le preguntó con las manos recatadamente entrelazadas.

–Reverencias. No vuelvas a hacerlas.

–Pero... mi señor –dijo ella confusa–. Usted es el emir. No estaría bien...

–Deja que sea yo quien juzgue lo que está bien.

–Sí, mi señor.

–Tampoco quiero que me llames así.

A su tío le había gustado que se le recordara constantemente su estatus como dirigente de la nación, pero Sayid había escuchado aquella manera de dirigirse al emir con demasiada frecuencia en boca de melosos cortesanos que solo trataban de conseguir favores. Le chirriaba. Se frotó la mandíbula con la mano, sabiendo que la fatiga le ponía de peor humor.

Halarq, bajo el mandato del tío de Sayid, no había sido un lugar en el que las personas pudieran decir lo que pensaban. El palacio estaba lleno de consejeros que tan solo le daban siempre la razón al emir, en vez de aconsejarle sin miedo a perder su favor.

Otra cosa que Sayid tenía la intención de cambiar.

–Como desee... señor.

Sayid abrió la boca para protestar, pero la cerró enseguida. Lo de «señor» era algo mejor que «mi señor». En cualquier caso, ¿qué importaba? Estaba harto de distracciones.

–¿Quién eres y qué estás haciendo aquí?

–Soy Lina y estoy aquí para servirle –dijo sin mirarle. Su vista seguía fija en un punto situado a espaldas de Sayid–, en cualquier modo que desee –añadió tragando saliva.

El movimiento acentuó la esbeltez del cuello de la joven y la belleza de su dorada piel. Durante un segundo, Sayid pensó en la posibilidad de besar aquella fragante carne. Había notado el olor a rosas que se desprendía de la piel de aquella mujer y no podía evitar preguntarse cómo sabría. La tentación era fuerte, tanto que tuvo que dar un paso atrás para estar seguro de no dejarse llevar. Ella se irguió cuando él se movió y dejó al descubierto una tensión que se estaba esforzando por ocultar.

–¿Quién te ha enviado?

–El hermano de mi padre. Me envió como regalo de buena voluntad para el anterior emir.

¡Regalo de buena voluntad! Sayid pensó con amargura en la clase de nación que su tío había gobernado, una nación en la que una mujer podía considerarse una mercancía. Se despertaron en él viejos recuerdos y le dejaron un sabor rancio en la boca.

Como nuevo emir, tenía mucho trabajo que hacer para llevar a su país al siglo XXI.

–El anterior emir está muerto.

Sayid había creído que las mujeres del antiguo harén de su tío habían sido enviadas a sus casas cuando la enfermedad de próstata empeoró y se volvió impotente.

–Lo sé, mi... Lo sé, señor. Murió poco después de que yo llegara y no llegué a conocerle –dijo la joven. Miró a Sayid un instante y luego volvió a apartar la mirada–. Le acompaño en el sentimiento.

–Gracias.

Sayid no sentía pena alguna por la muerte de su tío. El viejo había sido un mal dirigente para su país, deplorable, malvado y brutal.

–Sin embargo –añadió–, con su muerte, eres libre para marcharte. Ya no se te requiere aquí.

Unos grandes ojos violetas se cruzaron con los de él. A Sayid le pareció ver miedo en aquella mirada.

–Oh, no. No lo comprende... –susurró tragando saliva. Entonces, bajó inmediatamente la mirada al suelo, temerosa de haber dicho algo que no debía–. Por supuesto, no es que no lo comprenda...

Sacudió la cabeza. Un mechón de cabello oscuro le acarició suavemente el hombro y se le deslizó por los senos hasta llegarle a la cintura. A Sayid le resultó imposible apartar la mirada de él.

—No me puedo marchar. Está todo pactado —dijo ella tratando de esbozar una sonrisa que no se le reflejaba en los ojos—. Con la muerte de su tío, ahora le pertenezco a usted.

Capítulo 2

SI A LINA le había parecido que Sayid Badawi resultaba severo antes, en aquellos momentos su rostro presagiaba tormenta. Tenía el ceño fruncido con desaprobación y la mandíbula apretada con fuerza, como si quisiera contener una maldición. Sin embargo, el brillo de aquellos ojos oscuros y el modo en el que se le habían expandido las aletas de la nariz parecía indicar algo más íntimo que furia.

Tensión masculina.

Lina sabía algo al respecto. Había sido testigo de cómo los hombres reaccionaban ante la belleza de su madre y, desde que ella alcanzó la pubertad, había visto algo similar en los hombres que, ocasionalmente, visitaban su casa.

Tragó saliva.

Ya no era su casa. Era la casa de su tío. Al contrario que sus primos, que no solo miraban, sino que trataban de tocar también, el emir permaneció inmóvil.

Lina bajó la mirada tal y como se le había enseñado. Sin la atracción magnética de aquellos brillantes ojos oscuros que la distrajeran, pudo prestar atención al resto de él.

Un alto y esbelto cuerpo de anchos hombros, piel bronceada y tensos músculos que se recogían en unas estrechas caderas y, afortunadamente, aún seguían cubiertas por unos pantalones claros. Tampoco pudo pasar por alto la fuerza de los muslos, que indicaban que montaba a caballo. Lo único que mancillaba la perfección de aquel cuerpo era la cicatriz que le recorría uno de los brazos.

Lina no sabía si culpar de su reacción al hecho de estar a solas por fin con el hombre que era su amo o tal vez si se debería a que era la primera vez que veía a un hombre medio desnudo y, sobre todo, un hombre tan atractivo, pero se sentía mareada. Tenía la respiración acelerada y los pensamientos se le arremolinaban.

Había llegado al palacio esperando estar al arbitrio de un hombre mucho más mayor, famoso por su mal genio y por su crueldad y había terminado encontrándose frente a un hombre de unos veinticinco años cuyo físico haría suspirar a cualquier mujer. Era atlético y guapo y tenía una fuerza interior y unas cualidades a las que ella no era capaz de poner nombre pero que vislumbraba en el orgulloso rostro de él, de ojos oscuros, fuerte nariz y sólida mandíbula.

Fuera lo que fuera, las sensaciones le hervían en las venas. ¿Estaría enferma? Nunca antes se había sentido así.

—¿Lina?

—¿Señor?

—Te he dicho que no te necesito aquí. Puedes regresar a tu casa.

Lina parpadeó y abrió mucho los ojos con desolación. Le había horrorizado lo que le habían contado que el antiguo emir esperaría que le hiciera. Se había preguntado incluso si algunas de aquellas sugerencias eran físicamente posibles. Pero que la echaran de palacio... esa sugerencia albergaba sus propios terrores.

Tragó saliva y sintió que el dolor le atenazaba la garganta como si tuviera dentro una afilada hoja.

—Por favor, señor... no puedo.

—Claro que puedes si yo te lo digo —le espetó el emir con brusquedad, sin dejar lugar a discusiones.

Lina se tensó bajo el peso de la enormidad de su situación. La libertad que el emir le ofrecía, que le ordenaba que aceptara, no era más que una ilusión.

Estaba sola. No tenía ningún lugar en el mundo al que pudiera considerar su casa y nadie se preocupaba por ella. No tenía derechos ni podía esperar compasión por parte del emir. No era nada para él ni para nadie.

Todo lo que le habían enseñado le decía que asintiera, que se alejara y que desapareciera, porque no debía desobedecer al hombre que tenía su destino en las manos. El emir parecía inquieto y ella sintió que él se sentía impaciente por que ella desapareciera.

Sin embargo, Lina sabía que en cuanto hubiera salido de aquella habitación, jamás volvería a franqueársele el acceso. Cuando saliera del palacio, estaría, literalmente, en la calle, sin recursos, sin amigos y sin ni siquiera una prenda respetable de ropa que ponerse.

Se echó a temblar, imaginándose lo que sería de ella.

–Señor –dijo levantando la barbilla. El emir ya había empezado a darse la vuelta. Le había dicho que se marchara y eso significaba que ella debía irse. Sin embargo, Lina no podía hacerlo.

–¿Y bien? –le preguntó él frunciendo el ceño y apretando la mandíbula. Su gesto indicaba que su paciencia estaba a punto de agotarse.

Ella levantó un poco más el rostro para mirarle a los ojos.

–No tengo casa a la que regresar, ya no. Ni familia –dijo mordiéndose el labio inferior para que no le temblara–. ¿Podría permitirme que me quedara en el palacio? Trabajo duro y puedo resultar útil en cualquier tarea. En las cocinas, en la lavandería, en... También sé coser y bordar –añadió. No lo suficientemente bien, según su tía, pero en realidad nunca hacía nada bien para su tía.

–Debes de tener una casa. ¿De dónde viniste si no? –le preguntó él.

Su rostro no había suavizado su austera y masculina belleza, pero, al menos, estaba escuchando a Lina. El corazón de la muchacha palpitó esperanzado.

–De la casa del hermano de mi padre, señor, pero esa puerta ya no está abierta para mí.

Lina tuvo que esforzarse mucho para mantenerse erguida y mirarle a los ojos cuando los duros recuerdos de años pasados la bombardearon. Recordaba haberse convertido en poco más que una esclava en su propia casa.

El emir suspiró y levantó la mano para revolverse el corto cabello. El movimiento hizo que se le expandieran los músculos al levantar el brazo, desde el hombro al torso. Lina nunca había sentido que un movimiento tan sencillo pudiera ser tan embrujador. Sin embargo, nunca había visto a un hombre como el emir, ni desnudo ni vestido.

Él suspiró y se apartó. Se marchaba del lado de Lina, dejándola presa de su destino. El miedo y la desesperación rivalizaban con la indignación. Lina estaba harta del destino en forma de hombres que regían lo que debía ocurrirle sin prestarle a ella atención alguna.

Sin embargo, en vez de dirigirse hacia el cuarto de baño, el emir abrió un armario y sacó una camisa.

–Toma –le dijo lanzándole la prenda–. Póntela y siéntate.

Lina agarró con fuerza la suave tela de algodón, tan fina que casi era traslúcida. La tela de mejor calidad para el líder de la nación.

–Venga –la animó al ver que ella no hacía nada con la camisa. Entonces, se dirigió hacia un sillón con un suspiro y se sentó.

Apresuradamente, Lina se metió la camisa por la cabeza y tiró de ella hasta que le llegó hasta las rodillas.

Tuvo que remangarse las mangas para que se le vieran las manos. Sin duda alguna, parecía una niña jugando a disfrazarse con la ropa de su padre.

Se preguntó por qué al emir le había parecido necesaria una capa extra de ropa. Ciertamente, ella se sentía más cómoda más tapada, pero por lo que había observado en los hombres, les gustaba que se viera la piel. Podría ser que al emir no le interesaran las mujeres.

Aquel pensamiento la dejó sin palabras. ¡Imposible! Sería un desperdicio. Además, recordaba la manera en la que él la había mirado cuando la vio por primera vez. Había sido inconfundible.

Miró con curiosidad al hombre en cuyas manos estaba su futuro y vio que él no la estaba mirando a ella. De hecho, había cerrado los ojos, lo que le dio a Lina la oportunidad de observarlo más detenidamente, de ver más allá de la masculina belleza y percatarse del cansancio que tenía reflejado en el rostro, del modo en el que había inclinado la cabeza y se había dejado caer sobre el sillón.

El emir estaba verdaderamente agotado.

Sayid abrió los ojos y vio que la muchacha entraba en el cuarto de baño. ¿Qué demonios estaba tramando?

Estaba a punto de seguirla cuando ella volvió a salir. Llevaba una palangana de agua en las manos. Entonces, se dejó caer al suelo delante de él con una gracia que le hizo pensar si de verdad sería bailarina, tal y como sugería su escaso atuendo.

A duras penas ignoró el deseo que le atravesó el vientre y se recordó que le habían enseñado a controlar su naturaleza más impulsiva y carnal. Desgraciadamente, la camisa no lograba ocultar la belleza de la muchacha. La fatiga había puesto a prueba su paciencia y su fuerza de voluntad y le había parecido mejor cubrirla para no ver aquella dorada piel, con sus sugerentes curvas en senos, cintura y caderas. Sin embargo, no había considerado que la camisa le haría resultar tan sexy, si no más aún, como antes. Conjuraba una cierta intimidad, como si ella fuera una amante que ya hubiera compartido su cuerpo con él. El pensamiento le torturaba y despertaba el deseo en la entrepierna.

–¿Qué estás haciendo? –le preguntó con brusquedad, sobresaltándola.

–Ayudarle con las botas, señor –respondió ella. Había colocado la palangana a un lado y había extendido las manos como para tocarle, aunque sin hacerlo. Parecía estar pidiendo permiso.

–Mírame –dijo Sayid. Estaba cansado de la tradición que impedía a la gente mirar al emir a la cara. Además, ese gesto hacía que le resultara más difícil leerle los pensamientos.

Unos ojos violetas se encontraron con los suyos. Sayid sintió como si pudiera ahogarse en ellos. Eran unos ojos hermosos, grandes y rasgados, que le daban el aspecto de una mujer con muchos secretos o de una cuyo rostro hubiera sido hecho para sonreír.

Sin embargo, en aquellos momentos Lina no sonreía. Tenía una expresión tensa en el rostro. Parecía cautelosa e incluso atemorizada, aunque el firme ángulo de su barbilla parecía desafiar aquel temor.

–¿Cuántos años tienes?

–Diecisiete, señor –respondió ella con cierto nerviosismo.

Una adolescente. Un repentino arrepentimiento se apoderó de él. Lina tenía diecisiete años y estaba asustada a pesar de su determinación por no mostrarlo. Él, por su parte, tenía veinticinco y, en aquellos momentos, se sentía prácticamente un anciano.

Sayid no podía aceptar que ella pudiera servirle en todo lo que deseara. Le resultaba imposible aceptarlo.

O así debería ser.

A pesar del agotamiento, una parte de él se sentía desilusionada. Lina, con sus gruesos labios, su intrigante compostura a pesar de los nervios y un cuerpo bellísimo, le hacía hervir la sangre y despertaba su deseo. Después de todo, él descendía de generaciones de guerreros acostumbrados a tomar todo lo que deseaban, incluso mujeres.

—¿Puedo ayudarle con las botas, señor?

—Muy bien.

Si aquello la ayudaba a sentirse útil, no se opondría. Sería más difícil conseguir que ella hablara si estaba tensa. Se sentó en una silla y estiró la pierna hacia ella. Observó cómo ella se acercaba y le agarraba la bota entre las manos y la iba retirando cuidadosamente, como si se tratara de algo muy valioso y frágil.

Retiró ambas botas y los calcetines. Entonces, colocó la palangana de agua y levantó las piernas una a una para ponerle los pies dentro del agua templada. Inmediatamente, Sayid sintió que se aliviaba parte de la tensión que sentía en los músculos.

—Gracias, Lina —le dijo. El modo en el que ella le miró le dijo que no estaba acostumbrada a que le dieran las gracias—. Ahora, háblame de ti.

Una vez más, la confusión se reflejó en aquellos hermosos ojos. Fuera cual fuera su historia, no estaba acostumbrada a que le preguntaran por ella.

Ella dudó y se humedeció los labios con la lengua de tal modo que la tensión que Sayid sentía restalló dentro de su cuerpo como si lo hubiera azotado un látigo.

—Me llamo Lina Rahman. Mi padre era el jefe tribal de Narjif.

Sayid asintió. Conocía la lejana ciudad y había co-

nocido al padre de Lina el año anterior mientras recorría las provincias. Se trataba de un hombre serio y
tradicional, de costumbres muy arraigadas. Sin embargo, eso no explicaba por qué había enviado a su hija
como regalo para el tío de Sayid.

–¿Tienes hermanos?

Ella se mordió la mejilla por dentro de la boca.

–Tristemente, no. Mis padres no fueron bendecidos
con hijos, solo conmigo –dijo. Evidentemente, estaba
repitiendo algo que había escuchado en muchas ocasiones. Sin embargo, Sayid se alegró de ver que lo miraba
ya con menos timidez que anteriormente.

–¿Y él te envió a mi tío, el antiguo emir?

–¡No! –exclamó ella sacudiendo la cabeza–. Mi padre ha muerto. Fue su hermano y su mujer los que me
enviaron aquí.

–¿Y tu madre? –preguntó Sayid frunciendo el ceño.

–Ella murió hace años. Si hubiera estado viva, no
habría permitido que me enviaran aquí –afirmó. Su voz
se había ido haciendo más fuerte, con un tono que se
podía haber tomado por indignación.

Lina tomó una pequeña toalla que llevaba sobre el
hombro y se la colocó sobre el muslo. Entonces, sacó el
pie de Sayid del agua y se lo colocó sobre la toalla.
Comenzó a secárselo con movimientos firmes y rítmi-
cos, apretándole en ciertas zonas. Sayid sintió que el
calor se apoderaba no solo del pie, sino del cuerpo entero. Sus cansados ojos parpadearon y sintió que los
músculos se le relajaban a medida que el placer fue
extendiéndose por ellos.

–Tú has hecho esto antes.

–Para mi padre –dijo la joven. Sus rasgos se suavi-
zaron un instante.

–¿Y para tu tío no?

Ella se tensó de nuevo.

–No. No sería apropiado. Mi tía me prohibió tocar a ninguno de mis parientes masculinos.

–¿Hay más aparte de tu tío?

–Mis tíos tienen tres hijos –contestó ella. El masaje se endureció hasta el punto de bordear el dolor en vez del placer.

–¿Y tú querías tocarlos?

–¡Ja! Preferiría tocar a un camello lleno de pulgas y con diarrea antes que a uno de ellos.

Sayid contuvo una sonrisa. Su curiosidad fue en aumento. Aquella tímida y recatada muchacha no lo era tanto como parecía.

–Entiendo. Eran ellos los que querían tocarte a ti.

Lina asintió y respiró profundamente.

–¡Me acusaron de provocarlos! De tentarlos cuando yo ni siquiera los miraba. Los evitaba todo lo que podía, pero eso no era suficiente. Me decían que me ponía perfume deliberadamente para seducirlos, que lo olían incluso cuando yo me marchaba de una habitación y que era una invitación para que ellos me siguieran.

En su indignación, a Lina se le había olvidado mostrarse recatada o cuidadosa. El fuego se reflejaba en sus hermosos ojos y el rubor le teñía las mejillas.

Aunque deploraba el comportamiento de los primos, Sayid comprendía muy bien por qué los tres pensaban que Lina era una tentación. Nerviosa y cautelosa, era encantadora. Animada era gloriosa.

Incluso él, constreñido por sus obligaciones como emir, como anfitrión y por su propio honor, sentía la peligrosa atracción.

Lina era joven y vulnerable y estaba a su cuidado. Al contrario que su tío, Sayid no creía que se debieran recibir regalos en los que el presente fuera una persona o que esta pudiera tratarse como algo con lo que comerciar.

Con todo lo que le había contado, no era de extrañar que sus parientes la hubieran mandado a la capital para evitar la tentación en los hombres de la familia. Sayid estaba seguro de que no había mucho amor perdido entre Lina y sus tíos.

–¿Y no había ningún otro pariente dispuesto a acogerte?

Lina bajó la mirada. Se concentró en secarle y masajearle el otro pie. Sayid sintió las gloriosas sensaciones de bienestar. Nunca antes le habían dado un masaje en los pies y estaba empezando a sospechar que podría resultar adictivo. Sin embargo, la tensión que crecía en su entrepierna le indicaba un inconveniente para poder disfrutar totalmente de su relación.

–Mi tío se mudó con su familia a la casa de mi padre. Y yo no tengo más parientes. Aunque los hubiera, mi madre... mi madre había sido bailarina. Era mucho más joven que mi padre. Ella no contaba... con la aprobación de nadie. Por eso, nadie se ofreció a acogerme cuando mi padre murió.

Sayid contempló el rostro de Lina, tan bello que ni siquiera el ceño fruncido y los labios apretados lo podían estropear. Con una nación para gobernar, un gobierno que crear y una paz que establecer, Sayid no tenía tiempo para una muchacha perdida. No obstante, tampoco podía deshacerse de ella. Una huérfana, sin familia que la acogiera ni una ciudad a la que poder regresar porque sus habitantes estaban en su contra por la profesión que había tenido su madre, que se le había regalado como si fuera un objeto. El desprecio por personas que no tenían medios para protegerse ni sustentarse era algo que había visto a menudo bajo el reinado de su tío y lo odiaba profundamente.

Apartó a un lado la voz interior que le advertía en contra de hacerse cargo de una muchacha sin hogar cuando tenía un país del que ocuparse, una muchacha que, por las reacciones que había visto en ella, no le reportaría más que problemas.

Sin embargo, aquella muchacha no tenía opciones. No tenía casa. ¿Quién si no el emir debía hacerse responsable de ella? Sayid se tomaba sus obligaciones muy en serio.

–Gracias por el masaje, Lina –le dijo mientras se apartaba rápidamente tratando de ignorar el hormigueo que sentía en los pies y el deseo de permitir que ella siguiera tocándole con aquellas delicadas manos.

Sayid se sentó más erguido. No iba a permitir que el deseo rigiera sus actos.

–Ahora –añadió mientras se ponía de pie y ella hacía lo mismo, una vez más con una gracia que hizo que le resultara inevitable pensar en cómo se movería aquel delicado cuerpo femenino contra el suyo–, puedes retirarte. Ya te veré mañana. Mi secretario te dirá la hora.

Ella arqueó las cejas con sorpresa. Y luego sonrió. Esbozó una sonrisa auténtica, no como el gesto que había realizado antes. El efecto fue instantáneo. El deseo se apoderó de él, haciéndole sentir un apetito urgente que debería estar demasiado cansado para experimentar. Sin embargo, de repente, ya no se sentía agotado. Se sentía excitado.

–Gracias, señor. No lo lamentará –dijo ella mientras trataba de contener su alegría.

Entonces, realizó una reverencia y se marchó. Era tan diminuta que su figura debería haber resultado cómica con aquella camisa tan grande. Sin embargo, su imagen le producía a Sayid una especie de fascinación y de ardiente deseo.

«Solo tiene diecisiete años».

A pesar de eso, no le quedaba ninguna duda de lo que significaba la energía, la aceleración y la pesadez en la entrepierna que sentía. Se revolvió el cabello con los dedos una vez más y lanzó una maldición.

Aparte de su belleza, Lina no era la clase de mujer que solía elegir para sí. Sus amantes eran mujeres experimentadas e independientes, lo suficientemente apasionadas como para apreciar su potencia sexual y lo bastante sofisticadas como para no esperar más. Sayid se permitía como máximo una semana de intenso placer carnal antes de regresar a sus onerosas responsabilidades. Formaba parte de su sistema de control privado, en el que daba rienda suelta a sus apetitos de vez en cuando para luego dejarlos a un lado mientras se centraba de nuevo en su trabajo.

La mayoría de sus amantes eran extranjeras que deseaban saborear el exotismo de un príncipe heredero. Y la mayoría eran también rubias. Sus gustos no solían decantarse por las morenas típicas de su país.

Hasta aquella noche.

Sayid lanzó una maldición. El agotamiento quedó a un lado, ensombrecido por aquellos cautivadores ojos y la curiosa mezcla de inocencia y de pasión que convertía a Lina en una mujer demasiado interesante para un hombre.

Tenía que encontrar una solución para ella. Un lugar en el que pudiera vivir. Lina no se podía quedar en el palacio indefinidamente. El autocontrol de Sayid no podría durar tanto tiempo.

Capítulo 3

LINA se rebulló en su asiento. Resultaba muy cómodo, pero ya llevaba sentada allí mucho tiempo. El serio secretario del emir le había advertido que tendría que esperar, dado que el emir tenía compromisos muy importantes. Parecía implicar que todo era mucho más importante que tratar con una descarada bailarina.

Lina quería decirle que las ropas que llevaba puestas no eran de su elección. No le habían permitido llevar sus ropas al palacio, tan solo los vestidos que su tía le había proporcionado. Se había limitado a mirar fijamente al secretario sin bajar los ojos para que él rezongara y protestara en voz baja.

Por fin, el secretario la hizo pasar a la biblioteca, le indicó una butaca y se marchó. Lina no pudo resistir más la tentación. Nunca había visto tantos libros. Ciertamente aquello era mucho más de lo que una persona podía leer en una vida entera. Se levantó sigilosamente y se acercó a la estantería más cercana. Las encuadernaciones eran muy hermosas, realizadas en cuero y tela de todos los colores del arco iris. Unos eran finos y más altos, otros gruesos y más pequeños. Extendió la mano y fue deslizando los dedos por los lomos de todos ellos.

Se imaginaba los secretos que escondían aquellos libros sobre todas las fuentes del saber. Explicaciones de maravillas científicas, de historia, narraciones... Maravillosas narraciones como las que su madre solía contarle y mucho más. Aquel pensamiento le hizo sentirse muy mareada.

Miró rápidamente por encima del hombro y seleccionó un libro. Tenía una lujosa encuadernación en tela verde con letras doradas. El secretario le había advertido que no debía tocar nada.

Lo sacó con cuidado y lo abrió. Descubrió maravillosos dibujos de plantas. Reconoció algunas, pero muchas otras le resultaban completamente desconocidas. Trazó con los dedos la fotografía de una hermosa flor. Tenía unos pétalos rojo oscuro y resultaba tan real que parecía como si la hubieran cortado aquella misma mañana.

Cuando se cansó de mirar el libro, lo volvió a poner en su sitio y eligió otro al azar. Aquel era rojo. en su interior no había fotografías, pero...

—Lina...

Ella se dio la vuelta y se sobresaltó tanto que estuvo a punto de dejar caer el hermoso libro.

El emir cerró la puerta a sus espaldas. La noche anterior, bajo la cálida luz de las tenues lámparas, Sayid le había quitado el aliento. Se había dicho que el impacto se debía a que había visto demasiada piel desnuda de su esculpido y hermoso cuerpo, más de lo que una mujer podía esperar ver de un hombre que no fuera su esposo.

Sin embargo, en aquellos momentos, mientras el emir recorría la sala para acercarse a ella, sintió la misma excitación a pesar de que él iba ataviado con los ropajes blancos que eran típicos del país. Su rostro resultaba muy bronceado y hermoso. Sus ojos eran oscuros y penetrantes.

Y Lina sabía exactamente lo que había debajo de aquellos ropajes. Moldeados músculos, duros hombros, vello oscuro que dividía el vientre en dos partes antes

de perderse debajo de los pantalones... Eso explicaba
por qué el corazón le latía tan rápidamente en el pecho.
Además, más abajo, sentía una especie de calor líquido.

Sin poder evitarlo, sintió que se sonrojaba, por lo
que se apresuró a bajar la mirada al libro que tenía entre las manos.

–Me gusta ver que alguien hace uso de la biblioteca.
Dudo que mi tío abriera ni siquiera un libro y yo aún no
he tenido tiempo. ¿Algo interesante? –le preguntó con
voz amable. Evidentemente, trataba de tranquilizarla,
como si ella fuera su igual y no una posesión.

Sayid se detuvo ante ella.

–No lo sé. Solo lo he abierto.

Se produjo una larga pausa. Entonces, él le quitó el
libro de las manos, pero, en vez de mirarlo, se limitó a
darle la vuelta antes de devolvérselo a Lina. Ella miró
las líneas y tragó saliva.

–Lina...

–¿Sí, señor?

–¿Sabes leer? –le preguntó con ternura.

–No, señor –contestó muy avergonzada.

No le gustaba admitir aquella carencia. Parecía re-
forzar los clichés que les habían dedicado a ella y a su
madre los parientes de su padre y muchos de los veci-
nos. Como si el analfabetismo denotara una mala cua-
lidad en vez de ser simplemente una carencia de oportunidades.

–Pero en tu ciudad había escuelas. Las he visto –dijo
el emir frunciendo el ceño.

Lina asintió. Ella había suplicado que la dejaran
asistir, pero no se le había concedido.

–Mi padre no creía que fuera necesario que las mujeres asistieran a la escuela. Mi madre quería que yo fuera,
pero murió cuando yo era muy pequeña y no quedó
nadie más que pudiera persuadir a mi padre –dijo. Sen-

tía que era necesario dar explicaciones. Su padre no había sido malo, sino simplemente demasiado tradicional. Y se había sentido muy desilusionado de que su único descendiente fuera una niña–. Mi padre era un hombre muy arraigado en el pasado.

La madre de Lina había sido su segunda esposa, veinte años más joven que él. Era una mujer hermosa, inteligente y encantadora, pero se tuvo que enfrentar a muchos prejuicios porque la pobreza y la falta de educación la habían obligado a ser bailarina y a actuar en público antes de su matrimonio. Ese prejuicio mancillaba también a Lina, como si a pesar de su cuidadosa educación, su moralidad fuera cuestionable por la antigua profesión de su madre.

–¿Quieres aprender?

Lina parpadeó. ¿Hablaba el emir en serio?

–¡Por supuesto! Traté de encontrar a alguien que me enseñara, pero no pude.

Había cometido el error de preguntarle a uno de sus primos, el más tranquilo y aplicado de ellos, el que parecía más agradable. La clase no había durado más de cinco minutos. Casi inmediatamente, él empezó a tocarla y después trató de besarla. Lina no se había alegrado nunca antes tanto de ver a su tía como cuando ella entró en aquella sala, a pesar de que eso significó que Lina estuvo encerrada en su habitación durante una semana entera como castigo.

Le temblaban las manos cuando cerró el libro y lo volvió a colocar en la estantería.

–¿Usted me...? ¿De verdad podría aprender a leer y a escribir?

La esperanza de Lina desapareció durante un instante al ver la sombría expresión del rostro del emir. Era como si la excitación de ella lo desagradara. Durante un largo instante, la miró y, después, asintió secamente antes de darse la vuelta para ir a sentarse a su imponente escritorio.

—Por supuesto que sí. De hecho, es necesario si quieres progresar en el mundo.

El emir le indicó que tomara asiento. A pesar de la tensión que flotaba en el aire y de la impaciencia que atenazaba la mandíbula del emir, había compasión en sus ojos.

—Evidentemente, no te puedes quedar en el palacio.

—Pero yo...

Él levantó una mano para impedir que siguiera hablando. Lina se echó a temblar cuando se dio cuenta de que había estado a punto de replicar al hombre que tenía su destino en las manos. Su tía tenía razón. Lina tenía que aprender a refrenar la lengua.

—Yo no tengo harén y, cuando quiera a una mujer, no será nunca alguien que se vea obligada a atenderme.

Lina sintió un escalofrío por la espalda, parecido a los que había experimentado en aquellas largas noches de terror, cuando estaba esperando a que la llevaran ante el emir para hacer lo que él le ordenara. Sin embargo, en aquellos momentos, sentía que, si el hombre que tenía ante ella se lo pedía, se iría con él voluntariamente. Tal vez se sentiría nerviosa respecto a su primera experiencia sobre el sexo, pero estaba segura de que estaría deseando aprender todo lo que Sayid Badawi quisiera enseñarle.

—Sin embargo –prosiguió él–, ahora tú eres mi responsabilidad. No puedo devolverte a tu familia dado que te han tratado tan mal –añadió. Parecía estar enfadado. ¿Con sus tíos?–. No obstante, dadas las circunstancias en las que llegaste, no te puedes quedar en palacio. Todos confundirían tu... papel.

Lina dio por sentado que el emir se refería a que no quería que la gente creyera que era su concubina. Después de todo, ella no era nada más que una provinciana sin educación. Incluso una mujer con tan poca experiencia como Lina comprendía que el emir, con todo su poder, riqueza y apostura, tendría a su alcance a las más hermosas mujeres. Solo tenía que chasquear los dedos para que todas cayeran rendidas a sus pies.

Seguramente, incluso ya tenía una amante, escondida tal vez en algún lugar de palacio.

El rubor tiñó las mejillas de Lina al recordar lo que había pensado la noche anterior sobre el emir, su amabilidad y su carisma. Por supuesto que tenía una mujer. Resultaba ridículo pensar que él desearía a alguien como ella, alguien que ni siquiera sabía sostener un libro como era debido.

–He decidido que serás mi pupila.

–¿Su pupila? –le preguntó ella sin comprender. Le miró a los ojos, oscuros como la noche, y sintió otro escalofrío por la espalda.

–Sí. Seré responsable de todo lo que te concierna hasta que puedas valerte sola en el mundo.

Lina asintió lentamente. Prefirió no preguntar cómo iba a poder hacer aquello cuando solo sabía cómo hacer funcionar una casa.

–Como si fuera tu tío –añadió él para aclarar el concepto.

Lina parpadeó. No se podía imaginar a nadie menos parecido a un tío. Para empezar, era demasiado joven. Además, no se podía imaginar que lo que sentía por el emir se pareciera en lo más mínimo a lo que debía haber entre tío y sobrina.

–¿Lo comprendes?

–Sí –dijo ella entrelazando las manos–. Usted será mi tutor.

–Precisamente –afirmó él asintiendo. Entonces, se reclinó en su butaca como si se alegrara de que aquel punto hubiera quedado aclarado–. Ahora, ¿qué es lo que te gustaría hacer?

–¿Señor?

–¿Qué te gustaría para el futuro?

Lina trató de no quedarse con la boca abierta, pero probablemente no lo consiguió. Nadie le había preguntado nunca en toda su vida lo que quería para su futuro. Siempre se había dado por sentado que su padre le encontraría un esposo adecuado y que ella se dedicaría a cuidarlo a él y a la familia que pudieran tener. O, en opinión de su tía, se hubiera convertido en una bailarina o peor aún, una mujer que satisfacía los deseos de los hombres.

La enormidad de la pregunta la dejó sin palabras.

–Debes de tener algún deseo, algún sueño.

De repente, Lina recordó las esperanzas infantiles que había albergado, esperanzas acicateadas por los arqueólogos extranjeros para los que había trabajado durante años cerca de su casa. Cuando ella era una niña, se les recibía en su casa y le había gustado ver que incluso había arqueólogas entre los hombres. Lina se había pasado el tiempo siguiéndolos antes de que fuera considerada demasiado mayor para tales libertades.

–Lina, ¿qué es lo que quieres? –le preguntó de nuevo la profunda voz, devolviéndola al presente.

Aquellas esperanzas de antaño volvieron a prender en ella. Nunca podría hacer lo que había soñado y, sin embargo, allí estaba, sentada junto al emir de Halarq, que le estaba preguntando qué era lo que deseaba. Ciertamente, cualquier cosa era posible con un hombre tan extraordinario.

–Quiero aprender –dijo antes de que perdiera el valor para hacerlo–. Leer e ir a clases para aprender sobre el mundo. Y quiero visitar Francia y los Estados Unidos –añadió precipitadamente.

Ya estaba. Lo había dicho. Se agarró con fuerza a

los brazos de la silla. Sabía que se había excedido, pero le había resultado imposible resistirse.

–¿Por qué esos países? –le preguntó él en vez de querer saber por qué no había pedido algo sensato, como aprender a ser costurera–. Te resultará difícil cuando no hablas los idiomas.

–¡Los hablo! –exclamó ella con una sonrisa–. Al menos los hablaba. Me pasé mucho tiempo con los extranjeros excavando en la parte antigua de la ciudad. Tengo buena memoria y ellos me dijeron que se me dan bien los idiomas.

Sayid no pareció muy convencido, pero tampoco trató de convencerla de lo contrario. Se quedó pensativo durante unos minutos. Lina casi no se atrevía ni a respirar.

–Muy bien –anunció por fin. Esbozó una sonrisa y Lina se quedó sin aliento. En reposo, su rostro era muy atractivo, pero, cuando sonreía, era una visión maravillosa–. No te puedo prometer aún lo de Estados Unidos o Francia, pero sí la oportunidad de aprender. Mi secretario te proporcionará un profesor. Si a finales de semana ese profesor confirma que estás trabajando duro y que estás dispuesta a aprender, tendrás la oportunidad de ir a la escuela.

La alegría se apoderó de Lina.

–Señor, no sé cómo darle las gracias... yo...

Sayid levantó la mano para impedir que siguiera hablando y su rostro se volvió serio.

–Es inevitable que te lleguen comentarios sobre cómo llegaste aquí y sobre nuestra... relación.

Sayid pronunció la palabra como si le disgustara. Inmediatamente, la alegría de Lina se desvaneció.

–Por eso, si muestras perspectivas de futuro, irás a la escuela lejos de Halarq.

Lina asintió. Se sentía tan contenta que estuvo a punto de pellizcarse para ver si estaba despierta.

–¿Pero no será muy caro?

–Por suerte, yo me lo puedo permitir –dijo él con una sonrisa–. Si trabajas duro, te pagaré tu educación.

–¿Y cómo le voy a poder devolver el dinero? –preguntó ella sin poder contenerse.

El emir frunció el ceño, pero no parecía enfadado. ¿Era aprobación lo que veía en sus ojos?

–¿Acaso no puedes simplemente aceptarlo como un regalo?

Lina se mordió los labios y lo pensó cuidadosamente. Su Alteza Real el emir de Halarq era un hombre muy poderoso, acostumbrado a que todos le obedecieran. Sin embargo, su conciencia o su orgullo le decía que tenía que poner límites a tanta bondad.

–Sería un honor para mí, señor. Sin embargo, ese mismo honor me obliga a reconocer la gran deuda que tendría con usted. Es una obligación que debo pagarle. No somos familia y no tengo derecho a nada.

A Lina le latía el corazón con fuerza en el pecho y tenía el pulso tan acelerado que se sentía mareada. Aquellos ojos penetrantes la observaron atentamente durante lo que le pareció una eternidad hasta que, de repente, asintió.

–Así sea. Si esto sale tal y como espero, serás un buen ejemplo de los cambios que se van a producir en Halarq. Tengo la intención de modernizar nuestro país a través de la educación entre otras cosas. Trabaja duro, aprende y, cuando regreses, podrás pagar mi generosidad ayudándome a promover el valor de la educación en esas zonas donde la gente aún se niega a enviar a las niñas al colegio.

Entonces, miró su reloj y se levantó. Lina hizo rápidamente lo mismo y realizó una profunda reverencia. Sentía que tenía el corazón a punto de estallar de alegría.

–Le prometo estudiar mucho, señor –dijo. Fuera como fuera, haría que él se sintiera orgulloso.

–Excelente.

Con eso, se dio la vuelta y se marchó de la biblioteca.

Cuatro años y medio más tarde, Lina descendió de un avión siendo ya una mujer completamente diferente. Por suerte, el país al que había regresado también había cambiado.

El chófer que la recogió en el aeropuerto fue respondiendo a todas sus preguntas. Eso también suponía un cambio, dado que, cuando se marchó de Halarq, ningún chófer habría hablado de nada que no fuera lo más absolutamente necesario con una mujer. No obstante, su experiencia era limitada. Raramente había estado en un coche en su país natal dado que creció en una provincia rural antes de ir a la capital. Además, aquel no era un coche normal y corriente, sino una limusina que llevaba el emblema del emir en las puertas.

Lina sintió un escalofrío al pensar que él había enviado uno de sus conductores para recogerla. ¿Se habría ocupado personalmente o lo habría hecho uno de sus empleados sin que él fuera ni siquiera preguntado?

¿Se acordaría el emir de ella?

Nunca le había escrito ni había hablado con ella durante todos aquellos años, aunque sabía que el colegio le había enviado informes regularmente sobre sus progresos. Durante el primer año, abrumada por la nostalgia, habría dado cualquier cosa por tener noticias de él. En su soledad, el emir había ocupado un lugar en su corazón. Se había convertido en su protector, en su héroe, en su salvador... y en algo más a lo que no podía ponerle nombre.

Durante los años que había estado lejos, bombardeada de nuevas experiencias y lugares, caras e ideas nuevas, él había permanecido como una constante, una estrella guía que la conectaba con Halarq y con el mundo que había dejado atrás.

Comprendía que eso era muy peligroso. Ella no era nada para el emir. Cuando ella hubiera cumplido su parte del trato, jamás lo volvería a ver. No era muy sensato pensar en él constantemente ni preguntarse si él aprobaría todo lo que ella había conseguido.

De hecho, seguramente se había olvidado de ella. Por muy amable que hubiera sido Su Alteza Real con ella, Lina comprendía que solo había tratado de encontrar una solución que la apartara de palacio para poder dedicarse a sus planes para modernizar Halarq. Simplemente, no la había querido a su lado.

No era nada nuevo. Para su padre, había sido una desilusión por no ser un hombre. Para sus tíos, un inconveniente. Para el emir, un problema que solucionar.

Se apoderaron de ella sentimientos encontrados. La ansiedad era uno de ellos. Aunque había sobrevivido e incluso había terminado brillando en su internado de Suiza, sabía que estaba completamente sola. Ansiaba tener vínculos, pertenecer a un lugar, a una familia o, al menos, a una persona.

Cortó rápidamente aquel pensamiento. Había soñado con el emir, tan alto y tan guapo, durante demasiado tiempo. Ya no era una adolescente. No caería rendida a los pies del emir ni, en realidad, a los de ningún hombre. Cuando pagara su deuda con el emir, tenía una carrera de la que ocuparse, una tierra que reencontrar. Una vida que disfrutar.

La limusina se apartó de las populosas calles de la ciudad para tomar la carretera privada que conducía a la ciudadela. Entre sus muros, se erguía el palacio del emir. Una bandera azul y plateada ondeaba sobre la puerta, proclamando que el emir estaba en palacio.

Lina se agarró con fuerza las manos y trató de contener la excitación que le aceleraba el pulso. Le daría las gracias por todo lo que había hecho por ella dándole una educación. Se consagraría a las tareas de relaciones públicas que hubiera diseñado para promover la educación de las mujeres y, en cuanto pudiera, se marcharía de su lado.

Sonrió. Todo solucionado.

Desgraciadamente, como ocurría tan a menudo en la vida, las cosas no salieron tal y como ella había planeado.

Sayid se despidió del líder provincial y observó cómo él y toda su delegación se marchaban atravesando las imponentes puertas de cobre.

Hizo girar el cuello para tratar de aliviar la tensión de horas sentado en una audiencia formal. Había sido una tarde muy larga.

Se estaba poniendo de pie cuando el chambelán apareció de nuevo en la puerta. No iba solo.

Sayid volvió a sentarse en el trono y agarró las cabezas de leones dorados que tenía en el reposabrazos. Entonces, la figura que caminaba junto al chambelán le llamó la atención. Se trataba de una mujer de deliciosas curvas, a pesar de que la falda y la chaqueta verdes que llevaba puestas le cubrían desde el cuello hasta las rodillas.

El sol de la tarde la iluminaba desde atrás, por lo que no podía vislumbrar su rostro. Los tacones de sus zapatos resonaban con fuerza sobre el suelo. De repente, ella se detuvo en medio de la sala. Tenía el rostro inclinado hacia el suelo, tal y como exigía la tradición de Halarq. Sin embargo, resultaba extraño que los occidentales lo supieran. Aquella mujer estaba muy bien preparada.

–Puede acercarse –le dijo, intrigado por la razón por la que una mujer occidental pudiera querer una audiencia con él.

La mujer avanzó lentamente hacia él y Sayid se encontró observando con apreciación la suave ondulación de las caderas mientras caminaba con aquellos tacones tan altos. No llevaba joyas, pero aquel hecho solo acentuaba la pureza de su belleza. Altos pómulos, ojos rasgados, labios gruesos, esbelta garganta.

Sayid sintió que el deseo se apoderaba de él. Agarró con fuerza los leones de su trono mientras ella se detenía ante él, aún con los ojos bajos. Aquella mujer era una de las más elegantes y hermosas que había visto nunca. Y Sayid había conocido a muchas.

Sin embargo, había algo en ella que le alarmaba. Sin saber por qué, presentía problemas.

El chambelán habló por fin.

–Mi señor, tengo el placer de traer ante usted...

La mujer levantó el rostro. Su mirada se encontró con la de él y, entonces, las palabras del chambelán quedaron perdidas para siempre. El pulso de Sayid comenzó a latir con fuerza al ver que aquellos ojos eran violetas. Ella le sostuvo la mirada y realizó una reverencia con una profunda elegancia.

Sayid se quedó atónito.

Era Lina. La pequeña Lina.

Sayid recordaba que era bonita. Se había dicho que la imaginación había acrecentado sus encantos, que había sido el hecho de ser su amo, libre para hacer con ella lo que deseara, lo que había convertido a una adolescente normal y corriente en algo muy especial.

Se había equivocado. Lina era efectivamente algo especial. Más aún, era extraordinaria, no solo por su belleza, sino por la osadía que se adivinaba detrás de tanta cortesía y que parecía comunicarse con él a un nivel muy personal, un nivel que le tensaba el vientre y resquebrajaba su tranquilidad.

–Bienvenida a Halarq –dijo tan solemnemente como pudo para no mostrar sus sentimientos.

–Gracias, señor –contestó ella realizando de nuevo una reverencia.

–Has crecido –comentó él sin poder evitar mirarla de arriba abajo.

–Nos ocurre a todos, señor –comentó ella con una sonrisa–. Cumplí veintidós años la semana pasada.

«Mucho mejor que diecisiete».

Su astuta voz interior estaba llena de insinuación y de anticipación. Sin embargo, él era su tutor. Precisamente esa era la razón por la que había enviado a Lina lejos. A pesar de estar ocupado cambiando su país, seguía siendo un hombre. Un hombre con un formidable apetito para el placer, a pesar de que trataba de contener aquel rasgo de su naturaleza.

Sin embargo, al mirar a Lina, sentía algo avaricioso, incivilizado, que sugería deseo y la necesidad de poseer. Le quemaba en el vientre como si ella no estuviera a su cuidado. En realidad, se había olvidado de que regresaba aquel día y, además, había dado por sentado que los años habrían bastado para terminar con aquella atracción.

No había sido así. Parecía que el destino se burlaba de él. Se había deshecho de una niña años atrás para recibir a cambio a una mujer mucho más deseable.

Forzó una sonrisa.

–Enhorabuena por haber alcanzado una edad tan avanzada –le dijo. Entonces, se dirigió al chambelán–. Eso es todo por el momento. Mi pupila y yo tenemos asuntos de los que hablar.

Capítulo 4

SI LINA hubiera esperado una cálida bienvenida por parte de su tutor, se habría sentido muy desilusionada.

La tensa línea curva que había trazado su boca podría ser considerada una sonrisa, pero no le llegaba a los ojos. Estos brillaban tan fríos e impenetrables como el ónix negro. Sin embargo, había algo en ellos que provocaba un temblor de anhelo en el interior de Lina.

Se dijo que no había esperado calidez alguna. Él había sido muy amable. La había tratado no como una carga ni como una vergüenza, sino como alguien que importaba.

Cuando ella lo miraba, experimentaba algo similar a un sentimiento que había conocido años atrás, en su casa familiar. Lina ya era demasiado mayor para fantasías infantiles sobre un guapo emir.

Sin embargo, para su desilusión, descubrió que no resultaba tan fácil hacer desaparecer las fantasías. Miró aquellos misteriosos ojos y oyó la calidez de su voz. Entonces, lo volvió a sentir. Experimentó lo mismo que la primera vez.

Sayid había cambiado en aquellos cuatro años y medio. Sus hombros parecían incluso más anchos que entonces y su torso más amplio. Tenía líneas de expresión alrededor de los ojos y de la boca, pero solo acentuaban el carisma y la masculinidad de un rostro tan poderoso.

Durante un alocado instante, cuando Lina vio cómo le latía el pulso en las sienes y cómo se tensaban aquellos anchos hombros, pensó que él también se sentía afectado. Sin embargo, debió de ser su imaginación. Una segunda mirada le hizo ver que estaba equivocada.

Él la condujo a un par de butacas muy antiguas situadas en un extremo de la sala. Estaban separadas por varios metros de distancia y orientadas de tal modo que se pudiera disfrutar de las mejores vistas de la ciudadela.

–¿Te alegra haber vuelto a casa?

Lina se giró y vio que él la estaba observando atentamente. Un escalofrío le recorrió la espalda ante la intensidad de tal mirada. Se sentó más erguida.

–Me resulta... extraño. En realidad, no conozco la ciudad. Solo estuve aquí un breve tiempo.

–¿Preferirías regresar a tu ciudad? ¿A tu antiguo hogar?

–¡No, no! Por favor, no me haga volver. Allí no hay sitio para mí. Estoy segura de que me acostumbraré pronto a la vida de la capital.

Se había adaptado a la vida en un colegio internacional en Suiza, en el que estudiaban las más ricas y privilegiadas, tras mudarse de una pequeña ciudad de Halarq. En ese internado, no solo se impartían enseñanzas académicas, sino todo lo necesario para que una señorita pudiera ocupar un lugar de privilegio en la sociedad. Seguramente, el secretario de Sayid se había limitado a buscar lo mejor de lo mejor en nombre del emir.

Las otras chicas, que eran de familias muy acaudaladas, la habían tratado al principio como si fuera un bicho raro, una advenediza que no hablaba sus idiomas y que ni siquiera sabía leer ni escribir. Lina se había convertido en el blanco de todas las burlas, de las bromas maliciosas y de la crueldad. Solo en los dos últimos años en el internado, tras convertirse en la alumna de más edad, había logrado encontrar su sitio. Había trabajado mucho y había conseguido demostrar su pasión por los idiomas y la historia, a pesar de que aún le resultaba laborioso escribir.

–¿Estás segura de que no quieres regresar? ¿No ha habido acercamiento alguno a tus tíos en todo este tiempo?

Lina bufó ante la absurdidad de aquella idea y bajó la cabeza inmediatamente para disculparse. No se bufaba delante de un emir.

–Supongo que eso es un «no».

Ella levantó la mirada a tiempo para captar un brillo en sus ojos que no fue capaz de identificar. Le hacía parecer más accesible, más como el hombre que había conocido hacía años y que había sido severo, pero amable al mismo tiempo. Inmediatamente, Lina se sintió aliviada.

–No he tenido contacto alguno con ellos desde el día en el que mi tío me dejó en la entrada del servicio de este palacio –dijo. Seguramente pensaban que llevaba todos aquellos años calentando la cama del emir como su concubina.

De repente, una fuerte oleada de calor le recorrió los senos y la garganta. Sintió que se le secaba la boca y tuvo que humedecerse los labios. No era que la idea le avergonzara, sino más bien que el hecho de compartir la cama de Sayid Badawi le apetecía demasiado. Desde que lo vio hacía cuatro años, no había podido curarse del anhelo de saber más de él. De experimentar más. Como si él pudiera estar interesado en alguien como ella.

Sayid la miraba fijamente, pero no parecía sentir necesidad alguna de llenar aquel silencio. Lina se preguntó qué era lo que leía en su rostro.

Ella, por su parte, había leído todo lo que había podido sobre él. Los artículos publicados presentaban a un líder fuerte y decidido, con una visión concreta para su país. Un hombre que, aunque discretamente, tenía debilidad por las mujeres hermosas.

¿Comprendería lo que Lina sentía por él? ¿Presentía que lo deseaba? Lina no había experimentado nunca nada similar con nadie. Solo con él.

Notó que Sayid tenía las manos sobre el reposabrazos de la butaca. Su anillo de autoridad, una gruesa alianza de oro con un reluciente rubí, reflejaba la luz. Sintió que el pulso le latía con fuerza y que el aire parecía enrarecerse, haciendo que a los pulmones les costara mucho más obtener el preciado oxígeno.

A pesar de que no estaban sentados muy cerca, Lina podía oler el sensual aroma, picante, cítrico y con madera de cedro, que emanaba de su cálida piel.

La suya vibró, como si hubiera recibido la caricia de un fantasma. Se inclinó hacia delante, atraída por la expresión de los ojos de Sayid.

Por fin, él habló.

—Muy bien, te quedarás aquí en el palacio por el momento. Más tarde, hablaremos sobre tu futuro y tomaremos algunas decisiones. Me han informado de que eres una alumna muy trabajadora. Te doy la enhorabuena, Lina. Lo has hecho muy bien cuando muchos habrían encontrado esa transición demasiado dura.

—Lo fue al principio, pero mereció la pena. No sé cómo darle las gracias. Ha sido algo maravilloso lo que ha hecho usted por mí. Yo...

—Excelente. Me alegra que lo hayas aprovechado al máximo.

El emir se levantó y también lo hizo Lina. Tuvo que sofocar su desilusión por el hecho de que la entrevista hubiera sido tan formal.

–Ve a ver a mi secretario y él te lo explicará todo. Empezarás reuniéndote con personal del departamento de Educación. Quiero que te impliques con su trabajo, pero ya veremos más adelante.

–Suena muy bien. Estoy deseando –dijo Lina con una amplia sonrisa. Vio parpadear a Sayid. ¿Acaso le sorprendía su entusiasmo?–. Estoy lista para ayudar y tengo mucho entusiasmo sobre los beneficios de la educación. Estoy segura de que todo saldrá bien. Disfruto conociendo a la gente y hablando con ellos.

Bajo el techo de su tío, aquello le había ocasionado problemas, pero, últimamente, a Lina le había gustado descubrir que otros valoraban su habilidad para conectar con la gente, como si fuera algo positivo en vez de un defecto.

–Bien –dijo el emir inclinando la cabeza–. Estoy deseando escuchar tus progresos.

Lina descubrió que el emir no quería contacto frecuente. En los diez días siguientes, lo vio en contadas ocasiones.

De vez en cuando lo veía avanzando por un pasillo, desde lejos, caminando con su seguridad y su gracia atlética. En cada ocasión, le daba un vuelco el corazón y se le secaba la boca.

El emir se fijaba en ella alguna vez y asentía o la saludaba con la mano. Nunca se detenía. Siempre iba con su secretario de camino a alguna reunión importante.

Por otro lado, más positivo, Lina empezó a sentirse más cómoda en su nuevo mundo. Comprendió rápidamente que su papel para promover la educación era un puesto diseñado para ella. El emir lo había creado para ella para darle algo útil que hacer. No le gustaba que la trataran de un modo privilegiado, aunque eso fuera precisamente lo que ella era. Sin embargo, agradecía la oportunidad de salvar su orgullo contribuyendo de alguna manera a los planes que tenía para el país. Gradualmente, comenzó a sentirse como si estuviera ayudando.

Cuando Makram, el secretario del emir, le dijo que estaba invitada para asistir a una cena en el comedor de gala, Lina pensó al principio que era un error. Sin embargo, Makram no cometía errores. Al contrario de su predecesor, no la miraba con desprecio, por lo que no podía tratarse de una broma a su costa. Por el contrario, la aconsejó con el vestido y le mencionó una cantidad que el emir había dispuesto para ella en un banco.

Lina levantó la barbilla. Ya había aceptado suficiente generosidad por parte del emir. Había ahorrado gran parte del dinero que él le había enviado para sus gastos y ya no podía aceptar más.

Unos días más tarde, Lina se alisó la falda del vestido de seda que nunca antes se había puesto. Observó cómo le ceñía la figura. Tragó saliva. ¿Acaso demasiado? No se lo había parecido cuando se lo hizo en Suiza. Se dio la vuelta y vio cómo la falda, que le llegaba por la rodilla, tomaba vuelo. No. El vestido era femenino, pero no provocador. El escote era discreto e incluso llevaba los brazos cubiertos por un chal para no dejarlos al aire.

Se sentía muy nerviosa. Iba a asistir a una cena formal como invitada. ¿Se fijaría Sayid en ella? ¿Hablaría con ella? El corazón le bailaba de anticipación. Llevaba años siendo cuidadosa y concienzuda. Aquella noche tenía la intención de divertirse.

—Me alegra que esté disfrutando de su estancia —le dijo Sayid a un profesor extranjero con una sonrisa. El

profesor pertenecía a un equipo que había ido a aconse-
jarles sobre unos laboratorios de investigación que querían crear en la nueva universidad–. Cuando hayan terminado sus reuniones, debe ir a visitar el desierto. Haré
que mi personal se ocupe de organizarlo.

El hombre asintió y comenzó a hablar con entusiasmo sobre la nueva planta que se había identificado
recientemente en las tierras baldías de Halarq y de cómo
una sustancia que se podía extraer de ella podría proporcionar un nuevo descubrimiento para la ciencia mé-
dica.

Sayid asintió e introdujo a otro invitado en la conversación. Sería fascinante si no le hubieran informado
ya sobre el tema. Además, su atención se desviaba constantemente hacia el sonido de las carcajadas que provenían del otro lado de la sala. Le gustaba que sus invitados se divirtieran, pero no era placer lo que sentía, sino
más bien algo que le turbaba profundamente. Entre las
carcajadas masculinas, se escuchaba el sonido de la voz
de Lina y eso le provocaba una extraña sensación en su
interior.

Nunca antes la había oído reírse a carcajadas. De
hecho, casi no la había visto sonreír. Por eso, aquella
noche se sentía tan distraído. Quería estar a su lado,
gozando con la misma alegría que le hacía vibrar a ella.

Otra carcajada, en aquella ocasión como respuesta a
un comentario masculino, hizo que Sayid sintiera celos.
¡Celos! Miró hacia el lugar en el que se encontraba el
grupo. ¿De Makram, su secretario? Y de un miembro
de la embajada de los Estados Unidos y de un hombre
de negocios.

–Se están divirtiendo mucho.

Sayid se volvió a mirar a su amigo, el ministro de
Educación, que estaba señalando con la cabeza el lugar
del que provenían las risas.

–Su Lina es una bocanada de aire fresco.

«¿Su Lina?» Durante un segundo, Sayid tan solo pudo pensar en el pronombre.

–¿Acaso conoce a mi pupila?

–Nos conocimos ayer en un centro para la comunidad cerca del zoco. Donde se está construyendo un nuevo colegio.

Sayid asintió.

–Sí, lo conozco.

–Me pareció muy hábil por su parte enviarla junto con mis empleados. Las mujeres se relacionan con ella con más facilidad que con los delegados. Tal vez fue porque se remangó y se unió a ellas para hacer pan en el horno público.

Sayid la miró. Lina tenía la cabeza echada hacia atrás y se estaba riendo a carcajadas. ¿Cuándo fue la última vez que escuchó una risa tan desinhibida en una cena?

Tenía una garganta esbelta y muy elegante. El chal se le había deslizado por los brazos, por lo que Sayid no tuvo problemas para fijarse en el contorno de sus senos, atrapados por un vestido que relucía maravillosamente con el color del lapislázuli. A Sayid le recordaba a una de las gemas del tesoro real.

Ciertamente, parecía que Lina había nacido para llevar sedas, terciopelos, rubíes y perlas. Parecía estar en su ambiente. Sayid se había preguntado si se sentiría cómoda aquella noche, pero no tendría que haberse preocupado. Lina parecía estar completamente a gusto. Había cambiado mucho desde la adolescente nerviosa y tímida que era cuando la vio por primera vez.

–No tenía ni idea de que sabía cocinar.

–Sospecho que es una mujer de muchos talentos.

Sayid entornó la mirada, pero no vio mala intención alguna en aquel comentario. De hecho, su amigo parecía expresar una aprobación casi paternal.

Asintió lentamente. Estaba de acuerdo. Se había sentido muy impresionado por los informes que había recibido del colegio. Lina era una mujer trabajadora y decidida.

–Tiene una manera de tratar a la gente que es mucho más eficaz de lo que hemos probado antes.

–¿De verdad? –preguntó Sayid. El orgullo se apoderó de él.

–¿No se había dado cuenta?

–Casi no la conozco –admitió Sayid–. Se ha pasado mucho tiempo en el extranjero, pero estoy de acuerdo.

–Es realmente encantadora. Al principio, yo pensé que sería tan solo una figura decorativa en nuestro equipo, pero ella me ha demostrado que estaba muy equivocado. Escucha las preocupaciones de todo el mundo y, cuando les habla, no les dice lo que deben hacer. Les demuestra cómo la educación puede ayudarles a ellos y a sus hijos en el futuro. Tal vez todos hablemos el mismo idioma, pero ella lo habla de un modo que los demás comprenden perfectamente.

–Tiene pasión por la educación –murmuró Sayid.

–No solo por la educación –replicó su amigo–. Por la vida. Y posiblemente por los estadounidenses altos y rubios.

Sayid siguió la mirada del ministro. Un guapo diplomático se estaba inclinando demasiado sobre Lina y ella parecía encantada. Sayid sintió como si un puño invisible le golpeara en el vientre. ¿Por qué había tenido que permitir que el nombre del diplomático se incluyera en la lista de invitados? Se volvió de nuevo al ministro.

–Si me perdona, es hora de que vaya a saludar al resto de mis invitados.

El ministro asintió y Sayid fue avanzando poco a poco, charlando con todos los presentes. Le pareció que tardaba una eternidad en alcanzar al grupo que se había congregado junto a la puerta del comedor.

Mientras se acercaba, oyó a una mujer que hablaba en inglés con un acento texano casi perfecto. Frunció el ceño. Allí solo estaba Lina, resplandeciente con aquel vestido azul que brillaba sutilmente bajo las lámparas de araña, resaltando así su espectacular figura y cada curva de su cuerpo.

Sayid tragó saliva. De repente, sentía la garganta totalmente seca. Se recordó que él prefería a las rubias altas y de largas piernas. Sin embargo, su cuerpo no parecía estar escuchando.

—Me temo que no se me da muy bien. Mi amiga estadounidense se partiría de la risa si me estuviera escuchando en estos momentos.

El acento se había desintegrado para verse reemplazado por el tono musical de Lina.

Sayid se detuvo en seco, asombrado. ¿Lina sabía imitar? ¿Qué otros secretos guardaba?

La devoró con la mirada. Llevaba el cabello recogido elegantemente y tenía una postura perfecta. Sus modales eran relajados y las ropas que llevaba tenían un aspecto caro. Definitivamente, ya no era una colegiala. La pregunta que corroía a Sayid por dentro era saber en qué clase de mujer se había convertido.

¿Había pagado el dinero que él le había donado ese vestido que, evidentemente, había sido diseñado específicamente para ella? ¿O acaso algún hombre...?

—¡No, no! Se te da genial. ¿Y el mío? ¿Puedes hacer mi acento? —le preguntó el rubio estadounidense, inclinándose un poco más sobre ella.

Lina negó con la cabeza.

—Lo siento. Tengo que escuchar un acento durante más tiempo antes de poder imitarlo.

Sin embargo, Sayid pudo comprobar que, mientras

hablaba, su entonación cambiaba poco a poco para aproximarse a la del extranjero.

Y él había estado preocupado por que Lina hubiera podido sentirse nerviosa. Aquel era el grupo más animado de la sala. Y todo ello gracias a Lina. Incluso desde allí, él sentía el encanto que tan hechizado tenía a todo el grupo. No era descarada o maleducada, sino completamente brillante.

—Eso se arregla muy fácilmente —dijo el rubio con una amplia sonrisa—. Podemos pasar más tiempo juntos. Yo compartiré todo lo que quieras saber sobre Boston y...

La frase se interrumpió cuando Sayid se unió al grupo. A su lado, Lina se tensó y él notó cómo contenía la respiración. Sayid se dijo que, simplemente, la había sorprendido, pero una parte de su ser esperaba que fuera más, algo parecido al instantáneo cambio de energía que lo sacudía cuando ella estaba cerca. Le chisporroteaba desde los dedos, que estaban a poca distancia de los de ella.

—Su Alteza...

Los hombres bajaron la cabeza y Lina realizó una perfecta reverencia, casi tanto como la de una bailarina.

—Me alegro mucho de que estés disfrutando de la velada. He oído las carcajadas y sentía curiosidad.

—La señorita Rahman estaba demostrándonos su facilidad para los acentos —dijo el estadounidense con los ojos brillantes de aprobación—. Tiene mucho talento.

—En realidad, no es nada —dijo Lina—. Tengo buen oído para los acentos. Nada más.

Sayid permaneció con el grupo, disfrutando del cambio de actitud con respecto a los invitados más serios. Por fin, cuando los demás estaban sumidos en una profunda conversación, Lina se volvió hacia él. Sayid la miró y volvió a notar que la preocupación se había vuelto a reflejar en su hermoso rostro.

–Lina –susurró él para que nadie pudiera escucharles–, ¿qué te pasa?

–¿He hecho algo mal? Antes parecía... enfadado.

–En absoluto. No has hecho nada malo, Lina. Al contrario, me gusta verte divirtiéndote –contestó con una sonrisa y vio cómo ella lo observaba con expresión atónita.

Una dulce satisfacción se apoderó de él, una satisfacción que no debería sentir, pero que tampoco podía aplacar.

Una hora después de medianoche, Lina se asomó al balcón de su habitación y miró el cielo estrellado. Aspiró el seco y perfumado aire de Halarq y sintió una mezcla de excitación y felicidad.

Le resultaba imposible dormir. Se sentía como Cenicienta después del baile. Había asistido a una cena de gala en palacio y, en vez de sentirse fuera de lugar, había conocido a personas amables e interesantes. La conversación, la deliciosa comida, el oro y el cristal hicieron que aquella noche fuera digna de recordarse. En especial cuando, antes de la cena, Sayid Badawi se había puesto a su lado. Con su túnica, tenía un aspecto imponente pero encantador, a pesar del tangible aire de poder. Cuando la miró, Lina sintió como si el suelo temblara bajo sus pies. Al principio, había creído que estaba enfadado, que ella había cometido algún error de protocolo o etiqueta, pero cuando sonrió...

Volvió a entrar en la habitación y miró a su alrededor. Aún no estaba acostumbrada al lujo de la suite. Toda la decoración era exquisita tanto en el dormitorio como en el cuarto de baño y, por ello, no se sentía cómoda. Siguiendo un impulso, se dirigió al vestidor donde sus pertenencias ocupaban una mínima parte del espacio. Se desnudó rápidamente, se puso su traje de baño y agarró una enorme toalla.

Por uno de los laterales, su suite daba a un enorme patio que aún no había recorrido. Había estado demasiado ocupada con su nuevo papel, pero había visto una piscina al otro lado.

Salió al patio descalza. Como siempre, no había señal alguna de vida desde las otras habitaciones que daban al jardín. Ella parecía la única invitada. El dulce aroma del jazmín asaltó sus sentidos. La tenue luz provenía de las estrellas y una miríada de pequeñas luces que iluminaban el espacio entre las plantas.

Lina sonrió. Era un paraíso privado.

Siguió caminando y, tras una zona algo más en penumbra, las luces de la piscina rompieron la oscuridad. El tenue brillo de las tranquilas aguas la llamaba suavemente. Comenzó a quitarse las horquillas del cabello y se sacudió la espesa melena. Entonces, un ruido la hizo detenerse.

Un chapoteo. No se trataba de una fuente, sino del rítmico golpeteo de la carne abriéndose paso a través del agua.

Lina se asomó con curiosidad entre los arbustos. Durante un segundo, no vio nada más que la ondulación del agua. Entonces, vio una oscura cabeza y unos largos brazos que entraban y salían del agua. Anchos hombros y una sinuosa espalda. Apretado trasero y largas piernas que golpeaban el agua perezosamente, pero que, a pesar de todo, empujaban el cuerpo con envidiable velocidad.

Lina contuvo el aliento y se tapó la boca para evitar que se escuchara el sonido. Dio un paso atrás y se cayó en un arbusto, haciendo que se quebraran las ramas.

Solo podía tratarse de una persona, una persona que se sintiera tan a gusto en el palacio que nadara allí completamente desnudo. Solo una persona podía tener unas proporciones tan sublimes. De algún modo, Lina había ido a parar al jardín privado de Sayid Badawi.

Había pensado que había un error cuando la instalaron en aquella suite tan elegante. De hecho, le había parecido reconocer el pasillo que conducía a su suite de aquella otra noche, hacía más de cuatro años, cuando la llevaron a las habitaciones del emir, pero había descartado la idea. ¿Cómo podía recordar un pasillo de un palacio tan grande como aquel?

El corazón comenzó a latirle con fuerza y un escalofrío le recorrió la espalda. No podía permitir que él la encontrara allí, invadiendo su intimidad.

Lina se dio la vuelta, pero sintió que algo se le clavaba en la planta del pie. Ya no estaba en el sendero. Lo peor fue que el cabello se le enredó entre las plantas y le resultaba imposible soltarse. Trató de controlar el pánico mientras luchaba por liberarse. Ya no oía chapoteo alguno, tal vez porque los furiosos latidos de su corazón dejaban en un segundo plano todo lo demás.

Por fin, consiguió liberarse y regresó al sendero. Dio un paso hacia su suite, pero entonces, alguien la agarró por los brazos y la apretó contra un fuerte y empapado cuerpo.

Capítulo 5

Q UIÉN es usted? –le preguntó Sayid con una voz muy brusca.

Había notado movimiento entre las sombras y su instinto, que tantas veces le había salvado la vida en el pasado, había vuelto a hacerlo una vez más. Había salido sigilosamente de la piscina y había rodeado en la oscuridad al silencioso intruso, acercándose desde el lado más oscuro del jardín. Escuchó un suave gemido cuando agarró con fuerza al intruso. Entonces, un cuerpo aún más suave si cabe chocó contra el suyo, un rostro contra su torso, una delicada pierna...

¿Qué diablos...? Rápidamente, buscó armas. Nada. Tan solo pudo constatar que el intruso era una mujer.

La miró cuidadosamente y pudo distinguir un pálido rostro y una cascada de cabello oscuro. Ese sedoso cabello que le acariciaba el torso y el brazo como un seductor manto.

Sayid la identificó inmediatamente.

–¡Lina! ¿Qué estás haciendo aquí?

Se había pasado la velada tratando de olvidarse de ella, de su aspecto vibrante y hermoso con aquel vestido. Al final, había decidido que la mejor manera de deshacerse de la tensión sería haciendo ejercicio y había terminado encontrándosela allí, en su jardín privado.

–No quería molestar. No tenía ni idea de que usted estaba aquí. Pensé que no había nadie en el patio.

Inmediatamente, Sayid dio un paso atrás, pero no la

soltó. El dulce aroma de su piel flotaba en el aire. El deseo, potente y urgente, se apoderó de él.

–Ven a la luz –le dijo mientras la conducía a la piscina.

Pensó brevemente en vestirse, pero ella ya lo había visto completamente desnudo y Sayid no tenía nada que ocultar. Además, no pensaba soltarla hasta que ella no le diera una explicación.

Allí estaba Lina, con la barbilla levantada y la mirada en un punto situado más allá del hombro de Sayid mientras él la examinaba con las luces de la piscina. Vio todas las curvas, desde el dulce abultamiento de los labios hasta la estrecha cintura y los erguidos y encantadores pechos. Ella había estado apretada contra su cuerpo y tenía el bañador lo suficientemente mojado como para que los pezones se le irguieran, lo que provocaba que la tensión en la entrepierna de Sayid fuera aún mayor.

–¿Por qué me estabas espiando?

–Lo siento. De verdad –respondió ella. Lo miraba con los ojos muy abiertos. Entre ellos restallaba una energía que parecía detonar una silenciosa explosión dentro de él. Anhelo, deseo...

–No me podía dormir y sabía que había una piscina –susurró ella–. Pensé que un baño me ayudaría a relajarme. No sabía que... No me di cuenta de que era su piscina. Entonces lo vi –añadió tragando saliva–, y quise marcharme, pero me enredé en los arbustos.

–¿No sabías que esta es mi ala privada?

–¡Por supuesto que no!

–¿No me estabas buscando?

Lina lo miró atónita y negó con la cabeza. Cuando su mirada se encontró con la de Sayid, él sintió que el fuego le ardía en las venas. No recordaba una respuesta más potente e instantánea a una mujer.

–Por supuesto que no. ¿Por qué iba yo a hacer algo así?

«Porque también sientes la atracción que hay entre nosotros. Porque lo deseas lo mismo que yo».

Lo notaba en el modo en el que tragó saliva, en los delicados temblores que le recorrían el cuerpo. Sayid estaba seguro de que no era miedo, sino excitación.

Sayid no dijo las palabras en voz alta porque, de repente, sintió desprecio por sí mismo. ¿Tan necesitado estaba? ¿Tan desesperado por saborear aquellos labios que, él mismo, había declarado que eran fruta prohibida?

–Hablaremos de esto por la mañana –dijo él. Tenía la esperanza de, para entonces, poder pensar mejor.

Estoicamente, ignoró el aroma seductor que emanaba de la piel de Lina. Peor aún era el modo en el que ella lo miraba. No parecía una muchacha avergonzada, sino una mujer mirando al hombre que deseaba. Aparentemente, sus nervios habían desaparecido y parecía estar inclinándose ligeramente hacia él. Se lo estaba comiendo con la mirada. Ese hecho hizo que Sayid pensara exactamente cuánta experiencia había adquirido en el extranjero, libre del escrutinio de su familia y de la supervisión de cualquier compatriota.

Había dejado atrás la edad en la que muchas mujeres de su país contraían matrimonio. Sin duda, habría habido muchos hombres extranjeros que habrían estado dispuestos a enseñarle a la pequeña flor del desierto todos los secretos del amor.

Aquel pensamiento le produjo una cierta sensación amarga en los labios.

Entonces, Sayid se dio cuenta de que Lina tenía la respiración muy agitada. Le estaba haciendo una invitación implícita lamiéndose los labios y, además, podía oler la inconfundible fragancia de la excitación femenina mezclándose con su perfume.

Tragó saliva al darse cuenta de que no era el único que estaba experimentando deseo, pero, desgraciadamente, Lina era su pupila y estaba bajo su protección. Sayid tenía una posición de autoridad sobre ella, con muchas obligaciones como tutor. No podía actuar dejándose llevar por sus deseos. Era lo que se esperaba de él como guardián. Lina ya no le pertenecía, no era su concubina.

Sin embargo, no podía olvidar cuando, hacía más de cuatro años, ella se le había ofrecido para complacer todos sus deseos.

—Lina, no me mires así.

—¿Cómo? —le preguntó ella sin apartar la mirada.

Sayid sacudió la cabeza, decidido a hacer lo que debía. Pero la respiración de Lina seguía muy agitada y los senos le acariciaban el torso. El deseo le recorrió desenfrenado el vientre para alojársele en la entrepierna.

—Como si quisieras que te besara —murmuró.

Lina parpadeó, separó los labios y lentamente sacudió la cabeza. Entonces, el cabello acarició de nuevo la caldeada piel de Sayid y las palabras de Lina llegaron a él tan suaves como el aleteo de un ruiseñor.

—Pero es que lo deseo.

La noche pareció detenerse. El corazón de Sayid le latía con fuerza en las costillas. Por mucho que se esforzara, su autocontrol parecía estar abandonándolo.

Un momento más tarde, capturó la boca de Lina con la suya.

Si ella hubiera tenido la capacidad de pensar, se habría sentido atónita por haber podido expresar en voz alta lo que sentía y haber admitido su deseo tan descaradamente. Los temblores que sentía expresaban sensaciones que jamás había experimentado antes. Todo resultaba aterrador. Y maravilloso a la vez.

Unas fuertes manos la estrechaban. El cálido aliento de Sayid le acariciaba el rostro. Su rico y potente aroma retozaba dentro de ella y parecía estar absorbiendo su esencia. Por encima de todo, la presión del húmedo y firme cuerpo contra el suyo devastaba sus sentidos del modo más excitante.

Era como un sueño, una turbadora fantasía que llevaba acechándola cuatro años, haciéndose cada vez más descarada y más erótica.

Inevitablemente, cuando él bajó la cabeza y le poseyó la boca, Lina se regocijó en el hecho de que aquello ya no era un sueño. Levantó las manos y se las colocó sobre los hombros mojados, gozando con la fortaleza que emitían los sólidos músculos y la sedosa piel.

Su propia osadía la sorprendió. Parecía como si tuviera por costumbre ir abrazando a los hombres, cuando, en realidad, se había pasado los años aprendiendo a ser amable con ellos sin darles esperanzas porque, a pesar de lo audaz que se estaba mostrando en aquellos momentos, en su corazón y en su cuerpo se había fijado en Sayid Badawi como el único hombre que quería. El único que no era para ella. Sayid exigía en las mujeres que estuvieran a su lado sofisticación y glamour, mujeres que pudieran encajar en su mundo de prestigio y poder.

Y entonces, de repente, aquel beso.

Sintió que se trataba de una oportunidad que no podía perder dado que, muy pronto, la realidad volvería a reinar entre ellos.

Se dejó estrechar entre sus brazos. Había imaginado durante tanto tiempo aquella boca sobre la suya, había deseado tanto tiempo sus caricias... No tuvo dudas. Entonces, descubrió que su imaginación era una pobre imitación de la realidad.

El abrazo y el beso de Sayid hacía que le diera vueltas la cabeza y que el corazón le latiera de gozo. Su sabor, tan delicioso, tan íntimo, la debilitaba. Se habría sentido totalmente abrumada si no le hubiera parecido que todo era tal y como debería ser.

Sus poderosos brazos la estrecharon con fuerza de manera que los senos quedaron aplastados contra el imponente torso. Gozo con su fuerza, con la urgencia que parecía sentir en él.

Sus labios eran más suaves de lo que había esperado, pero no había nada dubitativo en aquel beso. La lengua se abrió paso, lamiendo y acariciando. Invitó a la de ella a enredarse en un baile que hizo que el cuerpo de Lina vibrara de deseo a pesar del húmedo traje de baño.

Se había imaginado dulces besos y muchas veces se había imaginado cómo eran los besos de bocas abiertas que había visto en las películas. Sin embargo, nada podría haberle preparado para lo que encontró.

Deslizó las manos más arriba para poder revolverle el húmedo cabello y agarrarle posesivamente la cabeza. Si pudiera, lo inmovilizaría allí para siempre. No quería que nada de lo que estaba experimentando en aquellos momentos terminara nunca.

La mano de Sayid le acarició el costado. Estuvo a punto de tocarle el pecho, pero no lo hizo. Lina se echó a temblar. Un segundo más tarde, aquella gran mano le recorrió la mejilla, colocándole la cabeza mientras la hacía reclinarse sobre su brazo.

Aquella combinación de ternura y maestría la deshizo por dentro. Lina abandonó toda intención de tratar de erguirse porque sabía que Sayid no la dejaría caer. Gozó con las deliciosas sensaciones de aquel beso. Se apretó contra él un poco más, deslizando la lengua contra la de él. Sayid respondió con un gruñido de placer tan profundo que pareció resonar por todo su cuerpo antes de pasar al de ella. Lina tembló de placer.

Jamás se había sentido tan conectada con otra persona, tan excitada. Era una nueva experiencia completamente arrebatadora.

El calor líquido se vertió dentro de ella, reuniéndose en el centro de su ser. Se contoneó de placer, tratando de pedir más y más. Y, de repente, todo terminó. Las manos de Sayid le agarraron los brazos y la alejaron de él.

Sayid también tenía la respiración agitada, pero parecía haber recuperado el control. Las dudas asaltaron a Lina. También el arrepentimiento, no por el beso, sino porque ella no hubiera querido que terminara nunca.

¿Acaso él no había disfrutado besándola?

Lina era inocente, pero no totalmente. No había posibilidad de ignorar la excitación entre ambos, los sonidos de placer que él hacía. Tal vez ella había hecho algo mal. Era su primer beso, aparte del torpe intento de su primo años atrás y que, en realidad, no podía contar dado que la boca de él había aterrizado en la barbilla de Lina cuando ella le empujó.

Lentamente, levantó la mirada y parpadeó. Vio que la boca de él se había convertido en una dura mueca. Si no estuviera aún sintiendo el sabor de sus labios en la lengua, hubiera podido llegar a creer que aquella boca no era capaz de besar.

Sintió que le temblaban las piernas e, inmediatamente, Sayid la sostuvo.

—Tranquila —le susurró con voz profunda—. ¿Te encuentras bien?

—Por supuesto —respondió ella tratando de mantener la voz bajo control.

Sayid Badawi poseía parte de su alma desde la primera noche, cuando Lina acudió a él asustada, pero sin

querer demostrarlo. Tal vez solo era una atracción adolescente que no había podido superar. Sin embargo,
fuera lo que fuera, la compulsión que sentía era real.

Deseaba al emir.

A pesar de la desaprobación que él pudiera estar
sintiendo, ella quería volver a besarlo. Y mucho más.

Levantó la barbilla en un gesto desafiante. No se
arrepentía de haberlo besado. Él era un hombre hecho
y derecho y ella no le había obligado a nada.

—Eso ha sido un error —dijo él—. No debería haber
ocurrido nunca.

Lina abrió la boca para decir que a ella no le había
parecido un error, sino algo perfecto y maravilloso,
pero la expresión que vio en el rostro de Sayid le impidió articular palabra. Evidentemente, su opinión era
totalmente diferente de la de ella.

—Lo siento, Lina. Ha sido culpa mía.

Ella levantó la mirada y abrió los ojos de par en par.

—¡No! Ha sido mía. Lo siento —añadió.

Era mentira. En realidad, no lamentaba nada de lo
ocurrido, a excepción del momento en que él se había
retirado. Y la expresión que él tenía en el rostro en
aquellos momentos.

—Tal vez deberíamos compartir la culpa y acordar
que no vuelva a ocurrir nunca.

Lina terminó asintiendo, aunque sabía que era otra
mentira. Una muestra de su pasión tan breve no le bastaba, pero no le quedaba más opción que estar de
acuerdo.

—Espera aquí —le dijo él, tras soltarla y darse la
vuelta.

Lina echó inmediatamente de menos su calor. Lo
siguió con la mirada mientras él regresaba a la piscina.
Completamente desnudo, aquella imagen de espaldas
era la más hermosa que Lina había visto nunca. La

fuerte espalda terminaba en unos abultados glúteos, estrechos comparados con la anchura de los hombros. Largas piernas que...

Sayid tomó una toalla y se envolvió con ella, enganchando el pico sobre una de las caderas mientras se daba la vuelta. Inmediatamente, Lina parpadeó y desvió la mirada, fingiendo fascinación por el agua de la piscina.

—¿Cómo supiste que había una piscina? —le preguntó él tras regresar de nuevo a su lado.

Lina tardó un segundo en darse cuenta de que él había regresado de nuevo a su lado y que le estaba hablando.

—La vi desde mis habitaciones, pero no...

—¿Tus habitaciones? —le preguntó él. No parecía enfadado, pero Lina presintió que algo no iba bien.

Asintió. Seguramente, había habido algún error, pero ella no había hecho nada malo.

—Sí, están por ahí. Se ve el agua entre las plantas. Yo pensaba que esta ala estaba vacía. No vi más luces que la mía.

Su voz había sonado tranquila y bien modulada. Sin embargo, Lina supo que no estaba satisfecho.

Sayid la siguió por el sendero. Ella se detuvo donde él la había interceptado para recoger la toalla que había dejado caer al suelo.

Los ojos de Sayid se habían acostumbrado a la penumbra y nada pudo evitar que prendiera la mirada de los movimientos de Lina, en especial del perfecto trasero que tan deliciosamente quedaba moldeado por el traje de baño.

Un tórrido deseo volvió a apoderarse de él. Conocía bien el anhelo sexual, pero había aprendido a gestionarlo y a ceder a él en breves periodos de tiempo, pero aquello... Sacudió la cabeza. Aquello no tenía precedentes.

Hubiera jurado que Lina no sabía lo provocador que resultaba aquel movimiento ni que el modo en el que movía las caderas al caminar era una pura invitación. Aquellos delicados movimientos al igual que su delicioso cuerpo creaban tensión en él y provocaban su excitación. Se imaginaba demasiado fácilmente entrelazando su cuerpo con el de Lina, con las piernas de ella rodeándole las caderas, estrechándole contra su cuerpo con el mismo entusiasmo que había exhibido cuando los dos se habían besado. Ella sería una amante apasionada y Sayid la deseaba desesperadamente. En realidad, temblaba con el esfuerzo que necesitaba para no ceder y poseerla.

Lina se detuvo. Sayid se dio cuenta de que estaban en la puerta de la suite principal para invitados. No se trataba de una de las suites normales. Aquella estaba reservada para las amigas más íntimas del emir. En realidad, formaba parte de sus habitaciones y estaba destinada para la amante que tuviera en cada ocasión.

–¿Quién te ha acomodado aquí?

–Su chambelán –dijo ella–. ¿Hay algún problema? A mí me pareció un error porque no esperaba estar en unas habitaciones tan lujosas. Recogeré mis cosas inmediatamente y...

–No, no hay necesidad alguna.

Ni motivo para hacerlo. El daño ya estaba hecho. En aquellos momentos, todo el mundo sabría que Lina se había pasado varias noches alojada allí, aparentemente para estar a su disposición.

Sayid se frotó la mandíbula con una mano. Acababa de ocurrir precisamente aquello de lo que había tratado de protegerla. Muchos de los empleados de su tío habían sido sustituidos en los últimos años, pero, evidentemente, alguien de palacio recordaba que Lina había llegado allí como regalo personal para el emir. Todo el mundo había pensado que se había convertido en la concubina de Sayid. Debían de haber informado al chambelán, quien habría dado por sentado que Sayid quería cerca a su amante.

Menudo lío.

Sin embargo, si lo pensaba bien, le gustaba tenerla cerca. Lo único que tenía que hacer era extender la mano y poseerla. La anticipación se apoderó de él.

—Señor, ¿hay algún problema?

El hecho de que le llamara «señor» lo devolvió a la realidad. Le recordó que, lejos de ser iguales, todo el poder descansaba sobre él. Lina le obedecía. ¿Quién sabía lo que ella sería capaz de hacer por obediencia?

—No, no hay ningún problema —replicó él mientras daba un paso atrás—. Es muy tarde. Deberías recogerte en tu habitación. Ha sido una velada muy larga —añadió. Se dio la vuelta, pero se detuvo.

Se giró de nuevo lentamente.

—Y no me llames señor —añadió. La lógica le decía que era una locura quebrar aquella barrera de formalidad, pero le ponía enfermo que Lina se dirigiera a él de aquella manera, como si le hubiera besado por su posición, por su autoridad sobre ella.

—Pero yo... Usted es el emir.

Como si Sayid pudiera olvidarlo. Si no lo fuera, si fuera simplemente un hombre que había conocido a una hermosa mujer, sería mucho más fácil tratar con los sentimientos que Lina despertaba en él.

—Creo que ya podemos dejar eso atrás, ¿no te parece? Como mi pupila, tienes derecho a llamarme por mi nombre. Y yo lo preferiría.

Lina levantó la barbilla y lo miró a los ojos con la misma franqueza que él notó el día en el que ella regresó a Halarq. Una carga eléctrica pareció restallar en el aire entre ambos.

–Como desees... Sayid.

La voz de Lina era tan agradable como la brisa nocturna. Aquella voz lo turbaría durante las largas horas de insomnio que lo esperaban aquella noche.

Sayid asintió y se dio la vuelta por fin para marcharse a su suite. No volvió la vista atrás.

Cuatro años antes ella había puesto a prueba su fuerza de voluntad. Increíblemente, volvía a enfrentarse de nuevo al mismo problema. La necesidad de extender las manos y asir lo que tanto deseaba.

Aspiró el aroma de la madreselva, pero era otro el aroma que no podía apartar de sus sentidos. El aroma a rosas y a carne femenina. Apretó la mandíbula y trató de ignorar el recuerdo de aquel cuerpo tan sensual contra el suyo.

Iba a ser una noche muy larga, pero se juró que, cuando terminara, habría encontrado la solución al seductor problema que representaba Lina, que lo distraía de su trabajo y de los dictados de su honor.

Capítulo 6

SAYID se sintió muy impresionado cuando el grupo de ancianos le enseñó el centro para la comunidad. Había oído buenos informes al respecto, incluido el que le había dado el ministro de Educación la noche anterior. Recordó que este lo había visitado anteriormente acompañado de Lina.

Todos sentían simpatía por Lina.

Sayid apretó los labios al darse cuenta de que ella había vuelto a ocupar sus pensamientos. Había estado pensando en ella toda la noche, desde el beso que habían compartido. Por fin, al amanecer, había conseguido encontrar una solución. Significaría no volver a verla, obligarla a seguir con su vida lejos de él. Por mucho dolor que a él pudiera provocarle su ausencia, sabía que era lo mejor.

–¿Estaría Su Alteza interesado en ver la última sala? –le preguntó su guía indicándole una puerta que se hallaba al final de la sala.

–No creo que fuera de mucho interés, mi señor –dijo uno de los ancianos–. Allí es donde se reúnen las mujeres –añadió con cierto desdén. Exactamente la actitud que Sayid deseaba cambiar.

–Estaré encantado de ver para qué la utilizan. Si nuestra presencia no las molesta, claro está.

–Su Alteza es muy amable por preguntar –afirmó el guía–, pero no creo que haya ninguna objeción.

A pesar de todo, realizó una indicación a su nieto, que

los acompañaba en la visita. El muchacho echó a correr para advertir a las mujeres, que en Halarq ocupaban tradicionalmente espacios separados de los de los hombres.

El muchacho abrió la puerta e, inmediatamente, se escucharon risas, aplausos y canciones. Resultaba evidente que, aquella mañana, las mujeres se estaban divirtiendo más que los hombres. Sayid siguió al guía y atravesó las puertas, que daban paso a un amplio patio porticado. Las higueras daban sombra y, en el centro de la pared opuesta a la puerta, una fuente se vertía en un estanque de poca profundidad.

Sayid notó inmediatamente el aroma del pan recién hecho, pero fue el movimiento que había en el centro del patio lo que captó inmediatamente su atención. Entre las mujeres, había tres jóvenes que bailaban. Una llevaba el atuendo tradicional de una novia. Sin embargo, fue otra de las bailarinas la que captó la atención de Sayid. El cabello negro como el azabache caía hasta su estrecha cintura mientras se contoneaba. Las manos describían una serie de intrincados y elegantes movimientos.

«Lina». El corazón se le detuvo un instante en el pecho.

Ella llevaba un largo vestido tradicional de color rojo, sin adorno alguno a excepción de una faja roja y malva en la cintura. El vestido era menos elaborado que los de las otras bailarinas, pero Sayid no podía apartar la atención de ella. Sintió un fuerte deseo, pero también sintió la apreciación por lo que estaba haciendo. Podría haber sido una bailarina profesional con aquellos exquisitos movimientos, que se tardaba años y mucho trabajo en perfeccionar.

–Su Alteza –le dijo el guía–, permítame que le presente a mi esposa y a la hermana de mi esposa.

Sayid se concentró en las presentaciones y charló brevemente con un grupo de ancianas que se acercaron a saludarle.

–Mi nieta se va a casar pronto y las muchachas están practicando para la celebración –le explicó una mujer.

En aquel momento, se escucharon unas sonoras carcajadas y una advertencia. Sayid se dio la vuelta para ver a una niña que, tras haber estado tratando de emular a las bailarinas, comenzó a dar vueltas demasiado rápidamente y perdió el equilibrio. La pequeña fue a chocarse contra Lina. Otra niña, que parecía estar tratando de impedir que su amiguita cayera, trató de sujetarla, pero, mareada por tanta vuelta, cayó sobre ella. Se produjo un revuelo de faldas y Lina, con las dos pequeñas, terminó cayendo al suelo.

Las canciones se detuvieron y las bailarinas cesaron sus movimientos. Entonces, rompiendo el silencio, se escucharon de nuevo las carcajadas, alegres y desinhibidas. Contagiosas, en especial cuando Lina se incorporó con una sonrisa tan radiante como el sol.

Sayid pensó que había echado de menos el sonido de las carcajadas durante aquellos últimos años, mientras trataba de cumplir su deber con su país.

Lina agarró a una de las niñas y le hizo cosquillas. Los gritos de alegría de las pequeñas resonaron en el patio.

Lina tenía el cabello en los ojos. Se había quedado sin respiración mientras sus dos pequeñas torturadoras le hacían cosquillas cuando un profundo sonido, rico y poderoso, pareció despertar algo dentro de ella. Era una carcajada de hombre. Intrigada, levantó la cabeza y se apartó el cabello del rostro.

Con cierta dificultad, se puso de pie y estuvo a punto

de volverse a caer cuando vio que, cerca de la puerta, mucho más alto que el resto, estaba el emir, resplandeciente con una túnica blanca.

«Sayid».

Recordó que él le había pedido que lo llamara así la noche anterior. Ya no sabía qué pensar sobre todo lo ocurrido. Su instinto le decía que él la deseaba, pero, sin embargo, la había apartado de su lado demasiado fácilmente. Era lo mejor, pero entonces, ¿por qué la miraba de aquella manera, cuando le había dejado muy claro que, a pesar del beso, él le estaba vedado? No era que la estuviera mirando, sino que la devoraba con los ojos.

Durante noventa minutos, Lina se comportó a la perfección. Después, acompañó a la visita real mientras él recorría la zona y entraba en el viejo zoco. Observó cómo el emir hablaba con los tenderos y con los que habían acudido a comprar. Sus guardaespaldas estaban presentes, pero lo vigilaban tan discretamente que no había barrera evidente entre Sayid y su pueblo. No se trataba de un hombre absorbido por su propia importancia, sino de uno que probaba los dátiles de la mano de una anciana, que charlaba afablemente con los tenderos y todos los que se le acercaban.

Cuando terminó la visita, regresaron a palacio. Lina hizo ademán de separarse del grupo para dirigirse a sus habitaciones.

–No tan rápido, Lina. Tenemos muchas cosas de las que hablar. Por aquí –le indicó mientras le señalaba la puerta de la biblioteca.

Era la sala donde él le había prometido que la enviaría a un colegio. Lina miró las estanterías de libros que no había podido leer todos aquellos años atrás. El orgullo se apoderó de ella. Aún le costaba escribir, pero se esforzaba mucho por mejorar. ¿Se sentiría él orgulloso de lo que Lina había conseguido? Nunca le había dicho nada.

–Siéntate.

Ella tomó asiento y vio que Sayid se colocaba en el centro de la sala, con los pies separados y las manos a la espalda. Su postura proyectaba poder y autoridad, pero la línea de su mandíbula y la postura de los hombros denotaba cierta tensión.

Recordó aquel mismo cuerpo contra el suyo cuando él la besó hasta hacerle perder el sentido.

–He estado pensando en tu futuro, Lina. No te puedes quedar aquí indefinidamente.

–Por supuesto que no –respondió ella, con orgullo.

Sayid asintió, pero tenía el ceño fruncido, como si aquello no le agradara. Lina lo miró fijamente. Él había sido tan partícipe como ella en lo que había ocurrido la noche anterior, más si cabe dada la falta de experiencia de Lina. Por eso, ella se negaba a sentirse culpable.

–Me alegro de que estés de acuerdo. Por eso, he decidido que ha llegado el momento de encontrarte esposo.

Lina se quedó boquiabierta. Los ojos se le salían de las cuencas.

–¿Esposo?

–Sí. La mayoría de las mujeres de Halarq de tu edad están casadas.

Lina se desmoronó sobre su silla y contuvo la respiración. Sayid la quería casada y lejos de él. La lógica le decía que era ridículo sentirse herida por que Sayid la quisiera fuera de su palacio y también con otro hombre. Sin embargo, no pudo evitar el dolor que sentía.

¿Cómo podía pensar en otro hombre cuando estar en la misma habitación que Sayid le aceleraba los latidos del corazón y hacía que el cuerpo se le tensara de deseo? La noción de besar a otro hombre como había besado a Sayid la noche anterior, de hacer incluso más cosas, le producía náuseas.

–Desde que te marchaste de la casa de tu tío, soy responsable de ti. Voy a hacer todo lo que pueda por encontrarte un esposo que te resulte agradable.

–¿Tú vas a elegir un esposo para mí? –le preguntó con voz temblorosa.

–Mis asistentes me ayudarán, pero, como guardián tuyo, daré el visto bueno a la elección final.

Lina sacudió la cabeza. Como si ella quisiera tener un marido...

–Haré que me preparen una lista –dijo Sayid con voz entrecortada. Quería que todo terminara–, pero, si hay algo o alguien en particular a quien ellos debieran considerar, es el momento de decirlo...

–No.

–¿Cómo has dicho? –le preguntó Sayid mirándola a la cara por primera vez en bastante tiempo–. ¿Estás diciendo que no tienes sugerencias? ¿Nada que te guste o te disguste?

Lina negó con la cabeza.

–Lo que quiero decir es que no me quiero casar.

Lina vio cómo la incredulidad se reflejaba en los ojos de Sayid y, rápidamente, se sentó más erguida, cruzó los tobillos y se colocó las manos sobre el regazo como su madre le había enseñado.

–Gracias... Sayid –dijo tratando de controlar sus sentimientos–. Te agradezco tus buenas intenciones, pero no quiero tener marido.

–¿Que no quieres tener marido? –replicó él algo enojado–. ¿Por qué? ¿Porque no te viene bien?

–Lo siento, yo...

–¿Tiene esto algo que ver con lo que ocurrió anoche? Si es así, vamos a ser claros. No puedes esperar que...

–¡No espero nada! –exclamó ella poniéndose de pie. Tenía los puños apretados a ambos lados.

¿Acaso no bastaba con el hecho de que él la hubiera apartado de su lado cuando le dijo que aquel maravilloso beso había sido un error?

–Sé que no me deseas. Sé que ese beso fue culpa mía –añadió.

Efectivamente, ella se lo había estado suplicando con la mirada. Tal vez no tuviera mucha experiencia personal, pero comprendía lo suficiente para saber que los hombres no siempre rechazaban a las mujeres que se les arrojaban a los brazos. En realidad, Sayid no la deseaba.

Lina cuadró los hombros y lo miró con desaprobación. Por primera vez, no le importaba su poder ni su autoridad. Solo veía que el hombre que deseaba la rechazaba una vez más.

Los ojos se le llenaron de lágrimas de furia. Parpadeó. No quería que Sayid pensara que sentía pena de sí misma. Al contrario, estaba orgullosa de quien era. Había trabajado mucho para convertirse en alguien y un día sería una brillante intérprete. Se sustentaría con su trabajo y tendría un hogar y muchos amigos. Un día, podría ser incluso que se enamorara de un hombre que la correspondiera.

–Sencillamente no quiero tener marido. Y, si alguna vez lo quiero, lo elegiré personalmente. Muchas gracias.

Sayid la miró con una altivez que Lina jamás le había visto. Parecía un guerrero al que había osado contestar un esclavo desobediente. Lina tragó saliva y permaneció firme a pesar de que él se había puesto de pie y se había acercado a ella peligrosamente.

Lina ya no era una esclava. Él la había liberado.

Sayid miró el rostro sonrojado y vibrante de Lina y apretó los puños contra la espalda. Llevaba toda la ma-

ñana muy consciente de ella incluso mientras hablaba
con otros durante la visita al centro comunitario. Ella
había permanecido en silencio, unos pasos detrás de él,
pero Sayid había podido aspirar el aroma de su perfume y había sido consciente de las miradas de otros
hombres que admiraban su belleza. En más de una ocasión, Sayid había tenido que contenerse para no agarrarle un mechón de su largo cabello, envolvérselo alrededor de la mano y tirar para poder volverla a saborear.
Quería besarla, sentir la combustión del deseo cuando
alcanzaran juntos el orgasmo.

Sin embargo, no podía porque estaba cumpliendo
con su deber.

¿Acaso le había dado ella las gracias?

Observó aquellos hermosos ojos de color violeta, la
jugosa boca y se preguntó por qué incluso enojada le
resultaba tan atractiva.

Tal vez era porque estaba cansado de que la gente
nunca se opusiera a él o porque su fuego le recordaba
cómo se había sentido con ella entre sus brazos.

—A pesar de que agradezco la preocupación que tienes por mí, es innecesario. Halarq está cambiando. Tú
mismo has dicho que es bueno que las mujeres tengan
una profesión. Eso es lo que yo quiero.

Sayid apretó los dientes al reconocer sus propias
palabras. Le había sorprendido que, aunque no le gustaba que le dieran la razón, tampoco le gustaba la des-
obediencia.

—No hay razón para que no puedas tener un marido
y una profesión.

—Pero yo no estoy preparada para tener marido.
Quiero...

—Eres mi responsabilidad. Yo decidiré lo que es mejor para ti.

Lina se sintió como si le hubieran dado un bofetón.

–Tengo veintidós años y soy lo suficientemente mayor como para tomar decisiones sobre mi futuro.

Ella tenía razón. A Sayid lo habían tratado como si fuera un adulto desde que tenía quince años. Sin embargo, sus circunstancias eran diferentes.

–¡Basta ya! –exclamó él. Rodeó el escritorio y volvió a sentarse ocupando una posición de poder mientras ella permanecía de pie–. Puedes confiar en que te encontraré un hombre decente.

En vez de tranquilizarla, aquellas palabras parecieron hacer detonar un temperamento extremadamente volátil. Lina se plantó las manos en las caderas. Los ojos parecían echarle fuego y tenía las mejillas sonrojadas y los labios del color de las cerezas. Un aspecto incendiario y, a la vez, tremendamente sensual.

–Cuando quiera un hombre, lo encontraré sola, muchas gracias –le espetó–. A pesar de todo lo que hablas de modernización, no crees en tu propia retórica, ¿verdad? Sigues viendo a las mujeres como posesiones, incapaces de tomar decisiones solas.

Sayid se puso de pie en un segundo y se inclinó hacia ella.

–No hay nada que pudiera estar más lejos de la verdad.

–En ese caso, demuéstralo. No me des órdenes.

–Por si lo has olvidado, Lina, soy tu tutor. Es mi responsabilidad tomar decisiones en tu nombre.

Si Sayid había pensado que su ira podría hacerle recular, se había equivocado. Palideció, pero en vez de ceder, se dirigió al otro lado del escritorio mirándolo fijamente con toda la compostura de una líder nata.

–Maldita sea, Lina. Vas a hacer lo que te he dicho.

Ella ni siquiera se inmutó. Plantó las manos sobre el escritorio y se inclinó sobre su espacio personal como nadie más se hubiera atrevido a hacer.

–¿Estás diciendo que me obligarías? ¿Acaso vamos a volver a los días en los que las mujeres eran monedas de cambio con las que los hombres podían negociar? Pensaba que te oponías a eso o, ¿acaso son solo buenas palabras?

Sayid se retiró, aturdido y furioso. Lina no podría estar más equivocada. Conocía la fea realidad de las mujeres cuando su tío era el emir.

Con quince años, Sayid había sido lo único que se interponía entre su hermosa madre viuda y una violación y luego un matrimonio obligado con uno de los amigos de su tío. La violación y luego una boda rápida eran la manera más fácil de adquirir la riqueza de una viuda.

Sayid se había enfrentado al hombre que su madre había rechazado espada en mano y se había peleado con él por el derecho de su madre a elegir. También había luchado por su propia vida dado que el afrentado pretendiente no tenía remilgo alguno en matar a los que se interponían en su camino.

La antigua cicatriz que Sayid tenía en el brazo palpitó con ese recuerdo.

–¿Te atreves a cuestionar mi moralidad? ¿Este es el agradecimiento que recibo por todo lo que he hecho por ti?

La ingratitud de Lina le molestaba, pero, al mismo tiempo, Sayid sentía algo más. Una extraña excitación al ver que ella se enfrentaba a él.

–¿Quieres mi gratitud? –repuso Lina, casi escupiendo las palabras–. La tienes. Llevas cuatro años teniéndola. ¿Por qué crees que me esforcé tanto en el colegio, incluso al principio cuando todo era un puro tormento? ¿Por qué crees que aguanté? Para demostrar que tu fe en mí estaba justificada. Día tras día ignoré el ridículo y las bromas, el miedo a no tener lo que había que tener para salir adelante. Porque quería que estuvieras orgulloso de mí.

Sayid frunció el ceño. Aquella era la primera vez que oía hablar de ridículo o de bromas. Seguramente le habrían informado...

—En realidad, no te interesaba. Jamás tuve noticias tuyas, ni una sola vez en todo aquel tiempo, pero eso no me importó. Seguí esforzándome porque me sentía agradecida y porque quería una educación. Estoy trabajando en tu comisión para pagar la deuda que contraje contigo porque estoy agradecida y...

—¡Basta! —exclamó Sayid levantando la mano, horrorizado ante las emociones que evocaban aquellas palabras, emociones que no quería ni podía nombrar, pero que lo dejaban débil y triste, como si alguien le hubiera pasado una espada por las piernas cortándole así toda la fuerza que tenía en ellas—. No hay deuda alguna. Eres libre para marcharte.

—¿Con el marido que elijas para mí? —preguntó ella sacudiendo la cabeza con tanta violencia que el negro cabello se movió de un lado a otro, acariciándole la mano y provocando en él una inmediata excitación—. No, gracias —añadió tan orgullosa como una emperatriz—. Pagaré mi deuda como habíamos acordado, en el puesto que tú creaste para apaciguar mi orgullo. Sí, hasta yo puedo ver que no me necesitas cuando tienes profesionales muy preparados para hacer el trabajo. Sin embargo, seguiré haciéndolo porque estoy agradecida y pago mis deudas.

Sayid no supo si fue por el modo en el que le estaba diciendo que estaba agradecida o el pensar que ella se quedaría en el palacio durante meses, posiblemente años, hasta que su conciencia le dijera que había pagado su deuda. Tal vez fue por el hecho de que todos los comentarios que ella había realizado parecían despertar su conciencia o por el hecho de estar tan cerca de ella cuando se había transformado en una mujer tan deseable, magnífica, orgullosa e indomable, pero, de repente, todas las barreras que él había colocado para controlar sus impulsos más bajos saltaron por los aires. Se inclinó por encima del escritorio hacia ella de tal modo que sus palabras estuvieron a punto de acariciar los labios de Lina.

—Si estás tan decidida a pagarme tu deuda, Lina, existe un modo mucho mejor.

Vio que ella abría los ojos de par en par con una mezcla de trepidación o excitación, no estaba del todo seguro. Solo había una manera de descubrirlo.

—Ocupa mi cama. Conviértete en mi amante durante una semana y la deuda quedará cancelada.

Capítulo 7

EL SILENCIO se extendió entre ellos. Un pesado silencio que palpitaba con el latido del corazón de Sayid y el sonido de la agitada respiración de Lina.

Sayid esperó que la vergüenza lo engullera por haber realizado una sugerencia tan escandalosa e inexcusable, pero no fue así. Más bien, sintió alivio por haber admitido por fin la necesidad que tenía de ella a pesar de los dictados del honor y de la obligación.

Seguramente, ella se sentiría muy avergonzada por tal proposición.

Sin embargo, Lina no apartó la mirada. Tampoco se retiró a pesar de que él había colocado el rostro tan cerca del de ella que parecía que estaba a punto de darle un beso. Lo único que tenía que hacer era rodearle el cuello con las manos y tirar.

¿Se resistiría ella? ¿Lanzaría una maldición y le escupiría en la cara?

No. No cuando los ojos reflejaban sorpresa y, tal vez, una cierta curiosidad. No parecía en absoluto escandalizada ni avergonzada.

Lina lo miraba fijamente, con los labios ligeramente separados como si no pudiera respirar bien. Tenía la respiración entrecortada y el rostro mirando al de él.

¿Por qué había pensado que era tímida? ¿Porque en el pasado había agachado la cabeza y se había dirigido a él con deferencia? No era de extrañar. Era su emir. Todo su futuro dependía de él. ¿Acaso no se había sentido Sayid fascinado por el espíritu que había visto en ella cuando Lina se negó a aceptar su ayuda a menos que pudiera pagarle de algún modo?

Además, incluso se había atrevido a decirle que la besara.

Ella lo miraba fijamente, considerando sus palabras, tratándolo como si fuera un igual. Y Sayid se había dado cuenta de que le gustaba.

Lina sacó la lengua para humedecerse el labio inferior y Sayid sintió que se le hacía un nudo en el estómago a pesar de que estaba seguro de que la acción no había sido un flirteo intencionado.

−¿Por qué solo una semana?

De todas las cosas que ella podría haber preguntado, Lina se limitó a cuestionar el límite de tiempo. ¡Qué mujer! Sayid admiraba lo directa que era. Además, aquella pregunta significaba que no había desechado inmediatamente su propuesta.

Él se la había hecho porque había llegado al límite de su paciencia y, posiblemente, para asustarla y conseguir que se mostrara más sumisa. Sin embargo, parecía que ella lo estaba considerando.

Contuvo una sonrisa.

−Solo tengo amantes durante una semana como máximo. Es todo el tiempo del que puedo disponer.

Sayid se había impuesto ese límite para asegurarse de que podía centrarse de nuevo en sus responsabilidades oficiales y no verse tentado por un estilo de vida más sibarita como le había ocurrido a su tío.

Para su sorpresa, Lina frunció los labios. Parecía tener una expresión divertida en los ojos. ¿Qué había pasado con la furia de hacía unos minutos?

−¿Porque tienes mucha demanda?

Sayid sintió deseos de sonreír hasta que ella levantó las manos del escritorio y se irguió. Inmediatamente, echó de menos su cercanía, pero resistió el impulso de rodear el escritorio para continuar cerca de ella. Sayid era demasiado orgulloso para tratar de presionarla. ¿O no?

—Porque creo en lo de poner límites. Si no se controla, el placer se puede convertir en una debilidad.

Lina asintió lentamente.

—Entiendo. Además, por supuesto, no quieres que ninguna mujer se haga ideas de permanencia.

Era cierto, pero aquel detalle jamás había sido un problema. Después de disfrutar su semana con una mujer, a ella se la despedía cálidamente y con suficientes regalos para endulzar la partida.

Sayid no se molestó en mencionar que sus mujeres solían ser extranjeras que estaban más que dispuestas a aceptar una semana de lujos y de placeres eróticos por una aventura de gozo mutuo sin ataduras. Le sorprendió que la actitud de Lina reflejara los años que había vivido lejos de Halarq. La mayoría de las mujeres del país esperarían casarse antes de tener relaciones sexuales, pero ella no. Parecía que sus costumbres eran más occidentales que orientales. Sin duda, había saboreado las libertades de Europa y eso probablemente explicaba su poca disposición al matrimonio.

Sayid se sentía dividido entre el placer de que a ella no le pareciera mal su sugerencia y el descontento ante la idea de que pudiera haber estado con otros hombres. Hasta la noción de que se marchara de palacio para sentar la cabeza le resultaba en realidad incómoda.

—Veo que no dices nada —dijo para romper el largo silencio.

Estaba acostumbrado a que las mujeres se desvivieran por agradarle. Reprimió firmemente la voz de su

conciencia que protestaba porque lo que acababa de pedir era escandaloso e indecente, aprovechándose de una
mujer que estaba bajo su protección.

—Me sorprende —contestó ella. Durante un segundo,
apartó la mirada y Sayid se preguntó si, después de todo,
se habría equivocado y ella estaría escandalizada. Entonces, Lina lo miró y él volvió a sentir una tórrida conexión
sensual—. No creí que me desearas de ese modo.

—¿Incluso después de lo de anoche?

Lina se encogió de hombros, pero a él le dio la impresión de que no estaba tan compuesta como antes.

—Bueno, los hombres responden a ciertos estímulos.
Estábamos casi desnudos y yo te dije que quería que
me besaras. Yo di por sentado que tenía que ver más
con el momento que conmigo.

—Estás equivocada.

Lina inclinó la cabeza como si esperara interpretarle
mejor, pero Sayid no tenía intención alguna de decir
nada más y mucho menos de tratar de persuadirla a ella
para que aceptara. Nunca había suplicado a una mujer
en toda su vida y no iba a empezar en aquel momento.

—Entiendo —susurró ella mientras jugueteaba con la
faja que llevaba alrededor de la cintura. Después de
todo, parecía que estaba nerviosa. Sayid se dijo que
debía refrenarse un poco, pero no pudo hacerlo.

—¿Y tu respuesta es...? —le preguntó él bruscamente.

—Tendré que pensarlo.

—*O seu xeque é bastante atraente*.

La *senhora* Neves acababa de decirle que su jeque
era muy guapo. Incluso en portugués, las palabras hicieron que Lina se echara a temblar. En realidad, no era
«su jeque», pero no se molestó en aclarárselo a la señora, que estaba sentada a su lado en un banquete real.

«Pero podría serlo. Lo único que tienes que hacer es aceptar su proposición».

Lina sintió una deliciosa y decadente sensación en la piel, que le puso la carne de gallina contra la delicada tela del vestido que se había pasado la tarde finalizando. Se rebulló en el asiento y cruzó las piernas.

¿Podría aceptar aquella escandalosa sugerencia? Iba en contra de todo lo que le habían enseñado o de lo que esperaba para sí misma. Sin embargo, la tentación era muy fuerte.

–*E ele olha para você o tempo todo.*

«Y él la mira todo el tiempo».

Lina miró hacia la cabecera de la mesa, donde Sayid estaba hablando con uno de sus gobernadores y el *senhor* Neves, que era el jefe de un consorcio minero que estaba tratando de conseguir la explotación de unos depósitos de gemas que se habían descubierto recientemente al otro lado del desierto. La atención del emir estaba sobre sus compañeros de mesa, no en ella.

Si alguna vez la miraba, tan solo lo hacía para ver qué tal lo estaba haciendo con la *senhora* Neves. La mujer no hablaba árabe ni inglés y la intérprete que Sayid había contratado no había podido asistir a la cena porque estaba con amigdalitis.

Lina sonrió.

–*Ele está apenas preocupado com o meu português* –comentó. Le había explicado a la señora que Sayid estaba preocupado por su portugués.

La otra mujer sacudió la cabeza.

–*Eu não acho que ele esteja a pensar em habilidades linguísticas* –replicó la señora, asegurándole que no eran las habilidades lingüísticas lo que preocupaban a Sayid.

Lina se sonrojó. No era posible que Sayid fuera tan evidente.

La mujer le colocó una mano sobre el brazo y cambió hábilmente de tema. Le preguntó a Lina dónde había comprado su vestido y luego expresó una profunda admiración cuando descubrió que se lo había hecho ella misma.

Lentamente, Lina se relajó. Debería estar contenta de que su escaso portugués le permitiera charlar con la *senhora* Neves aquella noche. También le agradaban los cumplidos de la mujer sobre su vestido. Se había esmerado profundamente en su confección para no estar fuera de lugar entre unos invitados tan distinguidos.

¿A quién estaba tratando de engañar? Quería estar guapa por Sayid. Quería que él la admirara como lo hacía con las mujeres a las que solía invitar a compartir su cama.

¿Por qué la había invitado a ella a ser su amante? Aún le resultaba increíble creerlo. Aquella noche, al entrar en el comedor de gala, Sayid se había mostrado cordial, pero distante. En su actitud, no había nada que indicara que estaba interesado en ella personalmente, aparte de un momentáneo brillo de especulación en aquellos impenetrables ojos.

Lina sabía muy bien que no había sentimientos de por medio, a excepción, tal vez, de la curiosidad. A ella no se le había pasado por alto la sorpresa que Sayid sintió cuando se enfrentó a él aquella mañana exigiendo la libertad de no permitir que se eligiera un marido en su nombre.

Se trataba precisamente de eso. Ella era una novedad.

Debería sentirse insultada, orgullosa de no ceder ante un hombre que le había dejado muy claro que solo la quería por el sexo y por un tiempo limitado, aunque incluso por un tiempo limitado, el sexo con Sayid era demasiado tentador. Había tratado de sentirse interesada por los hombres que había conocido en Europa, pero ninguno había conseguido estar a la altura que

Sayid había impuesto con su atractivo sexual, su comprensión y su generosidad.

Lina se había asegurado que la pasión terminaría difuminándose, pero, más bien al contrario, había crecido y se había convertido en algo más profundo y turbador. Era mucho más que el amor adolescente que ella había experimentado con diecisiete años. Si no tenía cuidado, aquello podría convertirse en una pasión que la destruiría. Ya no podía imaginarse estar con otro hombre que no fuera Sayid, lo que significaba que necesitaba curarse, de algún modo, de lo que sentía por él.

Seguramente, lo mejor que podría hacer era seguir su ejemplo. Sayid mantenía aventuras breves y jamás echaba de menos a ninguna mujer que hubiera dejado atrás. Se centraba en la lujuria y en el placer sin esperar nada más.

Lina sabía que, con Sayid, no podía esperar más. Tan solo podía esperar ser una amante temporal o nada.

Si se convertía en su amante y aplacaba aquel terrible anhelo, ¿desaparecería también el resto de las cosas que sentía? Tal vez, después de compartir su cama durante una semana, descubriría que tenía defectos, como que roncaba terriblemente o que era un amante egoísta...

El deseo le recorrió el vientre. Miró hacia la cabecera de la mesa y descubrió que él también la estaba mirando. No pudo seguir pensando. La respiración se le cortó de inmediato y el pulso comenzó a marchar a un ritmo de deseo desesperado.

Tenía que hacer algo para terminar con lo que estaba ocurriendo entre ellos. Sayid ya tenía demasiado poder sobre ella. Tenía la oportunidad de tomar su propia decisión sobre su vida.

La elección era sencilla. Podía retener su dignidad y su orgullo y seguir trabajando para él hasta que pudiera marcharse de palacio y prepararse como intérprete o tener una rápida aventura con él y marcharse después esperando que una semana de intimidad con él terminara con aquel salvaje anhelo que sentía por un hombre que jamás podría ser suyo a largo plazo.

Apretó la mandíbula y apartó la mirada de la de él para seguir conversando con la *senhora* Neves.

Lina no iba a acudir.

Sayid sintió una profunda desilusión. Entró en sus habitaciones quitándose la kufiya de la cabeza y arrancándose prácticamente la túnica. A pesar del aire acondicionado que había en el comedor de gala, llevaba muy acalorado toda la noche, esperando ver alguna señal en Lina.

Nunca antes había tenido que esperar a una mujer. Nunca una mujer le había dicho que necesitaba tiempo para considerar convertirse en su amante.

Apretó los dientes mientras se quitaba la ropa y la dejaba sobre una silla cercana. Estaba tan excitado que hasta el contacto con el suave algodón le irritaba.

No le gustaba aquella situación. Siempre tomaba sus decisiones y lo organizaba todo tal y como le parecía mejor. No era un hombre muy paciente, al menos en lo que significaba estar en manos de otro.

Llevaba pendiente de Lina toda la tarde. Ella estaba sentada muy cerca de él y llevaba puesto un sensual vestido que le cubría el cuerpo, pero sin dejar por ello de ceñirse a todas sus curvas. El morado resaltaba el color de sus ojos y hacía que la suave tonalidad dorada de su piel reluciera como si fuera un tesoro.

Había ansiado extender la mano y tocarla para reclamarla en público delante de todos los hombres que la miraban con admiración, pero ella no le había otorgado tal derecho.

Maldición. ¿Cómo había pasado de ser el hombre

que supervisaba todo a convertirse en uno desesperado porque una mujer le hiciera un gesto de aceptación? Era como si fuera un mendigo suplicando una limosna en vez de ser el amo y señor.

Al pensar en cómo le gustaría dominar aquel maravilloso cuerpo, sintió que un estremecimiento le recorría la espalda.

En realidad, era más que lujuria. A pesar de la frustración, también había admiración. Aquella noche, Sayid la había estado observando detenidamente. Había demostrado ser una intérprete muy capacitada, a pesar de que el portugués no era su especialidad. También había probado, una vez más, que se le daba bien relacionarse con un abanico de personas muy variado.

Lina parecía tener una habilidad innata. Era una mujer sociable y alegre que sabía hacer fluir la conversación cuando era necesario. A ella se le daba bien tratar con personas de una manera que Sayid aún debía mejorar. Sayid era soldado y dirigente. Le costaban las conversaciones banales.

Entró en el cuarto de baño y abrió el grifo de la ducha. No se molestó en ajustar el agua caliente. Necesitaba que la fría aliviara su acalorada piel. Trató de dejar la mente en blanco o de pensar en el nuevo proyecto minero, pero no pudo.

No hacía más que pensar en Lina. En el decoroso y, a la vez, sugerente escote que le hizo recordar la presión de aquellos senos contra su torso cuando se besaron. En aquellos sensuales zapatos, que acentuaban sus largas piernas. En su animación. En sus sonrisas mientras hablaba con la *senhora* Neves y el resto de los invitados. En realidad, con todos menos con él.

Con un gruñido, cerró el grifo y salió de la ducha. Se colocó una toalla alrededor de la cintura y utilizó otra para secarse el rostro.

Resultaba imposible dormir. Tal vez sería mejor que se pusiera a trabajar. Salió del cuarto de baño y se detuvo en seco.

No estaba solo. Había una figura en la puerta abierta que conducía de su dormitorio al patio. Durante un instante, el mundo pareció detenerse mientras el corazón le golpeaba contra las costillas como si fuera un tren. Tragó saliva ignorando el nudo que se le había hecho en la garganta.

—Lina —dijo con voz grave.

Ella estaba en el umbral, ni dentro ni fuera del dormitorio, con la mano en el marco. Parecía no saber si salir huyendo o entrar.

Cada célula del cuerpo de Sayid lo animaba a rodearle la cintura con el brazo y animarla a entrar. Deseaba devorar aquellos deliciosos labios y dar rienda suelta al explosivo apetito carnal que lo devoraba por dentro.

Sin embargo, consiguió contenerse y esperar, a pesar de que su erección se había hinchado dolorosamente. Había visto los ojos de Lina, abiertos de par en par como un animal acorralado que se enfrenta a su depredador. Contuvo el aliento y se dirigió a la mesa en la que le habían servido un refrigerio ligero.

—Entra, por favor.

Tan solo pudo volver a respirar cuando oyó el roce de la tela del vestido, lo que indicaba que ella había entrado. Se tomó su tiempo en servir una bebida fría y luego se volvió para encontrarla en medio de la habitación, con los ojos velados por sus largas pestañas mientras miraba una hermosa alfombra tribal que cubría esa parte del suelo.

—Toma —dijo acercándose a ella cuando vio que no se movía.

Le dio el vaso y ella lo aceptó cuidadosamente, sin

dejar que sus dedos tocaran los de él. Se lo llevó a los labios y dio un buen trago como si estuviera sedienta por el sol del desierto.

—Gracias.

Cuando Lina levantó los ojos para mirarlo, Sayid sintió otra descarga eléctrica. Aquella mirada violeta transmitía cautela y determinación. Estaba recorriendo el torso desnudo de Sayid, su rostro... A él le pareció que se trataba de una llama lamiéndole la piel desnuda.

Ella le devolvió el vaso. Sayid lo aceptó y se lo llevó a los labios para vaciarlo de un único trago y aliviar así su reseca garganta. Lina observó cómo tragaba. Sus pupilas se dilataron y Sayid oyó que contenía el aliento.

El aire entre ambos era acalorado y cargado de un inconfundible deseo.

—Has venido a darme tu respuesta —dijo Sayid mientras se volvía para dejar el vaso sobre la mesa y darle así tiempo para que recuperara la compostura. En realidad, buscaba la fuerza para esperar, para no tomarla entre sus brazos y devorarla allí mismo, donde estaba. ¿Se había sentido alguna vez tan excitado solo con mirar a una mujer?

—Así es, sí.

Sayid respiró profundamente.

—¿Sí has venido a hablar o sí has decidido acceder a mi propuesta?

—Sí, yo...

Sayid la miró a los ojos y volvió a escuchar cómo ella contenía el aliento. El sonido se deslizó por su piel desnuda como si fuera una caricia, tensándola hasta lo imposible.

Ella levantó la barbilla.

—Si aún me deseas, seré tu amante durante una semana.

Un profundo alivio se apoderó de él.

¿Que si aún la deseaba? ¿Acaso no sentía Lina la electricidad que había entre ellos?

Sayid inclinó la cabeza con gesto serio y realizó con la mano un gesto ancestral de respeto y gratitud. A pesar de la impaciencia que sentía, más que el deseo y el alivio, sentía... respeto. Ninguna de sus amantes había despertado en él ese sentimiento. Para ellas, una aventura con un hombre rico resultaba fácil, sin complicaciones. Sayid había sentido atracción y deseo, nada más.

Con Lina era diferente. A pesar de su actitud occidental para con el matrimonio y el sexo, aquella decisión necesitaba valor. Ella no era de algún lugar lejano, donde una breve aventura no significaba nada. El hecho de que hubiera tardado todo el día en tomar una decisión, cuando Sayid sabía que sentía el mismo deseo que él, demostraba que no había tomado su decisión a la ligera.

–Gracias, Lina. Me siento honrado por tu decisión.

Ella suspiró. Inmediatamente, Sayid se preguntó si estaría teniendo dudas. Se acercó a ella, tanto que los pliegues de la falda de su vestido le tocaban a él las piernas. Podría besarla hasta dejarla sin sentido, aunque comprendía que el beso produciría un efecto idéntico en él. Se detuvo tras recordar cómo el beso de la noche anterior lo había llevado al límite.

Por supuesto que ansiaba besarla, perderse en su sensualidad. Sin embargo, si la besaba en los labios el sexo terminaría en segundos y él deseaba saborear lentamente su primera vez juntos.

Por ello, se irguió de repente y notó con satisfacción cómo ella había empezado a ofrecerle los labios y se quedaba con expresión atónita y desilusionada por su reacción.

–Ven.

Sonriendo, le tomó la mano y la condujo hacia la cama.

Capítulo 8

RESULTÓ extraño cómo a Lina se le tranquilizaron los nervios cuando Sayid le tomó la mano y sonrió.

Quería estar con él, aprender a su lado las intimidades entre hombre y mujer, aunque la situación le producía una profunda ansiedad. Ansiedad de que una semana como amante suya pudiera reafirmar en vez de borrar los sentimientos que tenía hacia él. Ansiedad ante el hecho de que él la encontrara torpe o carente de interés por su total falta de experiencia sexual. Ansiedad incluso durante el momento en el que él había reconocido su respeto hacia ella por la enormidad de lo que estaba haciendo.

Sin embargo, la sonrisa y el tacto de Sayid lograban borrar todo lo demás.

«Esto está bien», le decía su corazón cuando se detuvieron junto a la cama. «Muy bien», apostilló su cuerpo mientras los dos se tumbaban frente a frente sobre el colchón.

Lina se lamió los labios, resecos de nuevo a pesar del zumo que él le había ofrecido, y vio cómo él le miraba la boca. Como si estuviera hipnotizado. Ella volvió a lamerse el labio inferior con la punta de la lengua y sintió que él temblaba.

Sin embargo, en vez de sentir complacencia por su poder, él le soltó la mano y se arrodilló ante ella. Para sorpresa de Lina, le tomó el pie y se lo colocó sobre el muslo.

Un temblor le recorrió el cuerpo cuando aquellas grandes y cálidas manos le agarraron el tobillo. Los pezones se le pusieron erectos como respuesta a las sensaciones que le recorrieron el cuerpo. No tenía nombre para ellas, a excepción posiblemente de necesidad o deseo.

Sayid sonreía, pero tenía los hombros rígidos de la tensión mientras examinaba las delicadas tiras de ante de los zapatos morados.

—Unos zapatos muy sexys —murmuró mientras le desabrochaba la primera de las hebillas para centrarse después en la otra.

—Yo... Me los compré la semana pasada antes de regresar a Halarq.

No se molestó en explicarle que habían sido más caros que otros zapatos que hubiera tenido nunca. Después de años de vivir con austeridad y con la maravillosa tela morada esperando para convertirse en un vestido, Lina había sucumbido a la excitación y al lujo. En esos momentos, desconocía lo que le depararía la vida en Halarq.

Jamás hubiera pensado que una aventura con el emir.

Incluso entonces, a pesar del miedo, se había sentido atraída por él. Había decidido que no le costaría compartir la cama del emir. Sin embargo, la atracción de entonces era una simple sombra de lo que sentía en aquellos momentos.

Sayid le quitó el zapato y lo dejó a un lado. Entonces, lenta, muy lentamente comenzó a acariciarle la planta del pie y la pantorrilla. Lina extendió las manos sobre la cama al sentir cómo se le licuaban los huesos y el placer crecía dentro de ella.

—¿Te gusta? —le preguntó con los ojos entrecerrados.

–Maravilloso.

–No soy tan experto como tú. Tendrás que enseñarme –comentó Sayid mientras le colocaba el otro pie sobre el muslo y comenzaba a desabrochar las minúsculas hebillas.

Lina no dijo nada. Estaba demasiado abrumada por las caricias y la embriagadora noción de que Sayid iba a repetir el proceso, pero incluso mejor aún, solo para darle placer.

Un gemido se le formó en la garganta cuando él le retiró el segundo zapato y comenzó a masajearle el pie hasta la pantorrilla. Luego subió hasta la rodilla y encontró un sensible punto en la parte posterior del que ella nunca había tenido noticia.

Cuando la boca siguió a las manos dejando una tortuosa senda de sensuales besos y lametones, fue como si algo se rompiera dentro de ella. Los codos cedieron y ella se desmoronó sobre el colchón poseída por las oleadas de sensaciones que la transportaban cada vez más y más alto.

–Sayid... –susurró.

Inmediatamente, las caricias se detuvieron.

–¿Sí?

–Solo... Sayid –dijo ella superada por lo que aquel hombre le estaba haciendo sentir y por lo que le estaba haciendo. Nada la había preparado para lo que estaba sintiendo y tan solo acababan de empezar.

Lina parpadeó y observó cómo él se cernía sobre ella tras plantar las manos a ambos lados de su cuerpo.

–Estás a salvo conmigo. Lo sabes, ¿verdad?

Por supuesto que lo sabía. Era una locura sentir tanta emoción sobre aquello que, después de todo, era lo más natural del mundo.

Además, si su lógica funcionaba, una semana de intimidad con Sayid la curaría y la salvaría de aquella

montaña rusa emocional. Se hartaría de él y podría
marcharse con la cabeza erguida y el corazón intacto.
Tenía que funcionar. La alternativa era impensable.

–Lo sé –susurró–. Confío en ti.

Sayid no necesitó más para colocarse encima de
ella. Con el movimiento, la toalla se le soltó y Lina sintió
la potente y cálida erección sobre el muslo. Apartó los
ojos del tenso rostro de Sayid y bajó la mirada por su
torso y más abajo aún, con una mezcla de nerviosismo
y fascinación. Quería trazar su cuerpo, descubrir el
tacto de su masculinidad.

–No es una buena idea –le dijo Sayid mientras le
apresaba la mano y se la colocaba sobre el colchón,
junto a la cabeza.

–Pero yo deseo tocarte.

Sayid soltó una carcajada.

–Más tarde. Si me tocas ahora, todo esto habrá terminado.

Él le sujetó las dos manos con una de las suyas y
bajó la boca, no para colocarla sobre la de ella, tal y
como Lina había esperado, sino para besarle el cuello.
Comenzó a mordisqueárselo suavemente, hasta que
consiguió que ella se retorciera de placer debajo de él.

Fue una sensación maravillosa sentir cómo él la in-
movilizaba con su peso, a pesar de que ella no tenía
deseo alguno de escapar. Cuando Sayid comenzó a besarle el escote, trazando el escote sobre su piel, Lina
sintió que el fuego le explotaba en las venas. Los labios
de Sayid, tan suaves como la seda, rozaron la parte superior de sus senos una y otra vez. En aquella ocasión,
ella no pudo contener un gemido de placer.

Sayid la miró y sonrió. Entonces, sin apartar la mirada de la de ella, fue bajando poco a poco, hasta conseguir atrapar un pezón entre los labios y succionar con
fuerza a través de la tela.

Lina se echó a temblar, como si hubiera sido presa de una descarga eléctrica. Las sensaciones se habían apoderado de ella desde la cabeza hasta los dedos de los pies.

—Tranquila, todo va bien... yo haré que todo vaya bien.

Sayid se movió un poco para ocuparse del otro pecho. Volvió a bajar la cabeza y, en aquella ocasión, utilizó los dientes sobre el pezón erecto, haciendo que ella gritara de gozo.

Que el cielo la ayudara. Estaba tan excitada que no sobreviviría mucho más tiempo.

—Por favor, Sayid... no es justo —dijo mientras trataba de zafarse de él para poder acariciarlo también—. Tú me tocas a mí, pero no permites que yo te toque a ti.

Él la miró con los labios aún alrededor del pezón y, entonces, levantó la cabeza.

—Jamás te prometí que sería justo, Lina. Te prometí que disfrutarías de los días que pasáramos juntos.

A ella no le costaba creerlo. Su cuerpo parecía estar ya al borde de algo maravilloso y digno de recordar. El brillo que había en los ojos de Sayid le decía que él sabía perfectamente cómo darle el empujón necesario para sentirlo.

—Al menos, deja que me desnude.

Dado que ella estaba totalmente vestida y él desnudo, Lina sentía algo parecido a la vergüenza. Estaba recibiendo todo el placer sin dar nada a cambio. Tal vez, sencillamente, estaba desesperada por estar en pleno contacto con él.

—Permíteme —susurró él. Le deslizó la mano por el hombro y se la pasó por encima para bajarle la cremallera de la espalda del vestido. Lo hizo lentamente, tanto que Lina arqueó el cuerpo porque le parecía una caricia.

Cuando la cremallera estuvo totalmente bajada, en vez de quitarle el vestido, Sayid le agarró el bajo y se lo fue levantando por las piernas. Lina se quedó atónita por la intensidad de su mirada a medida que iba dejando al descubierto la piel desnuda de sus piernas. Por fin, notó que él llegaba a las braguitas y esperó que se las bajara o que la invitara a ella a hacerlo. Entonces, para su sorpresa, Sayid se inclinó sobre ella y comenzó a besar la delicada y húmeda tela que la ocultaba de su mirada.

Estaba experimentando sensaciones que no había conocido nunca. Levantó las manos para apartarle, pero dudó, completamente hipnotizada mientras él la besaba de nuevo, justo encima de su palpitante e hinchada feminidad. Poco a poco, dejó de ser un beso y él comenzó a succionar, para luego besar y después succionar de nuevo.

De repente, algo explotó dentro de ella. La visión se le nubló y tuvo que agarrarle la cabeza, asiéndose a ella como si le fuera la vida en ello mientras un cataclismo estallaba dentro de su ser, ardiendo desde dentro hacia afuera, arrastrándola en una enorme ola que abrió paso a ola tras ola de placer.

Éxtasis.

Poco a poco, su cuerpo fue tranquilizándose y volvió a su ser. Lenta, muy lentamente, su cuerpo dejó de flotar de placer y cayó de nuevo sobre la cama, saciado y satisfecho. Sayid sonreía y tenía las mejillas sonrojadas, como si hubiera obtenido placer de su placer. Sin embargo, la prueba de que aún no había satisfecho el suyo estaba allí, contra el muslo de Lina, moviéndose contra ella.

Sin que pudiera evitarlo, Lina se sintió muy avergonzada. Sayid había visto cómo alcanzaba el orgasmo, más vulnerable de lo que se había mostrado nunca ante nadie.

–Yo también quiero ver cómo llegas al clímax –le dijo sin poder contenerse.

–Eso se puede solucionar muy fácilmente. ¿Acaso no estás feliz? ¿Qué es lo que te pasa, Lina?

Lina se sentía una desagradecida. ¿De qué se podía quejar cuando él le acababa de proporcionar tanto placer? Había escuchado muchas cosas sobre hombres poco generosos a la hora de satisfacer las necesidades de su pareja, pero Sayid la había transportado a las estrellas y, sin embargo...

Lina le enmarcó el rostro entre las manos y sintió el nacimiento de la barba. Era la primera vez que lo tocaba así y gozó con el derecho de poder hacerlo. Le colocó la mano sobre la mandíbula y comenzó a acariciarle la mejilla. Ese vínculo era mucho mejor.

–Ha sido maravilloso, espectacular, pero no quiero estar sola. Te quiero conmigo.

–Como te he dicho, eso se puede solucionar –replicó él con una sonrisa.

Después de eso, Lina sintió que se volvía loca. Sayid la despojó de su ropa lentamente, tomándose su tiempo, acompañando las manos con besos e incluso suaves mordiscos que le hacían vibrar la piel y renovaban su deseo. Sayid se aprendió su cuerpo desde la cabeza a los pies, descubriendo todas sus zonas erógenas y suministrándole la atención que cada una necesitaba.

En aquella ocasión, Lina también pudo tocar, besar y acariciar. Sayid tenía un rico sabor salado, muy cálido. A ella le encantaban los pequeños temblores que experimentaba cuando encontraba un lugar especialmente sensible en su piel. Entonces, él gruñía y le impedía seguir con las caricias mientras él se tomaba su tiempo recorriendo el cuerpo de Lina y convirtiéndolo en un instrumento que tan solo daba las mejores notas bajo sus dedos.

Ella habría protestado por la insistencia de él a llevar la iniciativa si no hubiera estado totalmente abrumada por sus caricias.

Entonces, por fin, sintió el febril calor de su piel sobre la de ella, su peso rozándole desde los senos hasta los muslos. Sayid se apoyó sobre un codo y la miró mientras le acariciaba con la mano los húmedos rizos que tenía entre las piernas y sentía cómo ella temblaba de placer.

En aquella ocasión, cuando Lina bajó también la mano, Sayid no la detuvo. Dejó que ella descubriera la cálida y rígida excitación. Se había puesto ya un preservativo. Lina ni siquiera se había dado cuenta de aquel detalle, pero lo que le preocupaba era que no veía cómo aquello iba a funcionar. Ella era una mujer de tamaño medio, pero Sayid era...

—Levanta las rodillas, Lina —le ordenó mientras le acariciaba el interior del muslo y se lo levantaba poco a poco.

Ella le obedeció instintivamente y lo acogió entre sus piernas.

—Sayid...

Lina deseaba lo que estaba a punto de ocurrir, pero temía que no fuera tan sencillo como se había imaginado.

—Tenemos que hablar.

Sayid le cubrió la boca con la suya y le impidió seguir hablando. Al mismo tiempo, ella sintió que avanzaba un poco más hacia ella.

—Más tarde, Lina. Ya no puedo esperar más.

Apartó la mano de ella y le colocó la suya debajo, levantándole la pelvis al tiempo que, con un suave movimiento, se hundía en ella.

El gemido de Lina quedó ahogado por la ansiosa boca de Sayid, que la besaba apasionadamente, acariciándole la boca con la lengua de un modo que la volvía loca.

Sentía presión, mucha presión. Sin embargo, los besos y los gemidos de placer de él sirvieron para aliviarla.

De repente, él se quedó inmóvil, rígido, y comenzó a retirarse. Inmediatamente, Lina le sujetó con las piernas. Aquello no le resultaba cómodo, pero lo deseaba.

Sayid levantó la cabeza y la miró a los ojos.

–Te estoy haciendo daño.

–No. Además, me lo prometiste –dijo ella. Había presión, incomodidad, pero no dolor.

–¿Que te lo prometí?

Sayid lograba hablar a duras penas. Lina sintió que tenía la frente cubierta de sudor. Se dio cuenta también de que los poderosos brazos le temblaban de la tensión. Esa era la reacción que ella provocaba en él. Le acarició los hombros y sintió que él temblaba. Por razones que no alcanzaba a comprender, aquella vulnerabilidad hizo que su cuerpo se suavizara contra el de él.

–Sí. Me dijiste que podría ver cómo alcanzabas el clímax.

Sayid la miró con pasión, pero Lina ya no tenía miedo. Le colocó las manos en la espalda y levantó un poco más las piernas, entrelazando los tobillos sobre la espalda de él, sujetándose y sujetándole a él.

Inmediatamente, Sayid se hundió un poco más dentro de ella y Lina contuvo la respiración por el asombro de lo que estaba sintiendo. Era como si Sayid estuviera tan dentro de ella que pudiera tocarle el corazón.

No hubo tiempo para pensar más. Él se retiró solo para arquear la espalda y volverse a hundir en ella una y otra vez. Cada movimiento le causaba una deliciosa fricción que creaba placer y deseo a la vez. Lina se levantaba con cada envite, adicta a las sensaciones que evocaba.

Poco a poco, el tiempo fue incrementándose y con él

la sensibilidad del cuerpo de Lina. Ella apretó con fuerza las piernas justo en el momento en el que Sayid deslizaba una mano entre ambos para tocarle ligeramente el clítoris. Un segundo más tarde, comenzó a moverse más potentemente y el mundo pareció estallar en llamas.

Lina lanzó un grito de sorpresa, de incredulidad y luego de gozo. Sayid echó la cabeza hacia atrás y se hundió con fuerza una última vez en ella, vertiéndose presa del éxtasis.

A pesar de las sensaciones que la poseían, Lina lo vio perderse en ella. Fue como si hubiera peleado en una importante batalla, pero, finalmente, el gozo los poseyó a ambos y los unió como si fueran uno solo.

Lina le rodeó con sus brazos, adorando el peso de su cuerpo, la intimidad de la unión y la intensidad del vínculo. Incluso en aquellos momentos los ecos del placer recorrían su cuerpo, provocados por los temblores de Sayid. Su cuerpo alimentaba el de él y viceversa.

Lina jamás se había sentido tan cercana a otra persona en toda su vida.

Sayid lanzó un gruñido y se apartó de ella para tumbarse de espaldas sobre la cama, al lado de ella. Tenía los ojos cerrados y guardaba silencio, pero Lina no tuvo fuerzas para oponerse, aunque hubiera preferido que él se quedara donde estaba.

Por fin, los latidos de su corazón empezaron a tranquilizarse y su cuerpo empezó a flotar en un estado de somnolencia entre el gozo y el sueño, a pesar de la molestia que tenía entre las piernas.

No supo el tiempo que permanecieron así. No tenía palabras para expresar lo que habían compartido y no quería pensar en lo que debería decir, si es que tenía que decir algo.

Por fin, sintió que Sayid se movía. Abrió los ojos y

lo vio levantarse e ir al cuarto de baño. La tenue luz jugaba con las poderosas líneas de su cuerpo, los redondeados glúteos. Después de un orgasmo tan poderoso, caminaba como un príncipe, con la cabeza erguida, los hombros echados hacia atrás y la gracia de un atleta, no como si el mundo se hubiera desprendido del eje y se hubiera salido de su órbita.

Por supuesto, el sexo no era una novedad para él. Era un amante experimentado y sin duda estaba acostumbrado a aquellas sensaciones. Además, todo el mundo decía que el sexo era diferente para los hombres y que a ellos les resultaba más fácil no implicarse emocionalmente.

Lentamente, Lina se puso de costado. Se sentía presa de un poderoso letargo. El gozo aún resonaba por su cuerpo y nublaba sus pensamientos, pero había un hecho irrefutable. Se había temido que el sexo con Sayid fuera como jugar con fuego y había estado en lo cierto. Más que jugar con fuego, se había metido en el infierno y temía que ya no pudiera salir de allí.

Dejó que se le cerraran los ojos. Estaba demasiado agotada para dejarse llevar por el pánico. Sintió que las lágrimas le humedecían las mejillas y la nariz, pero no eran lágrimas de preocupación, sino de asombro por la belleza de lo que habían compartido. Se las secaría cuando encontrara la energía suficiente para levantar el brazo.

En aquellos momentos, lo único que podía hacer era preguntarse cómo iba a cortar lo que sentía por Sayid cuando lo que habían hecho aquella noche solo había servido para acercarla más a él. Temía que se estuviera enamorando.

Capítulo 9

SAYID miró a la mujer que dormía acurrucada al borde de la amplia cama. Su postura era la de una niña que buscara confort acurrucándose sobre sí misma.

Sin embargo, su cuerpo no tenía nada de infantil. Incluso en aquellos momentos, aún aturdido por la intensidad del poderoso orgasmo, seguía deseándola. Quería volver a acariciarla, a saborear el oscuro pezón que se asomaba por debajo del brazo y enredarse en la seda de su largo cabello y perderse en ella una vez más.

No. No había nada infantil en el cuerpo de Lina ni en la manera en que lo deseaba. Recordó cómo ella le había dicho que quería verlo alcanzando el clímax y él había estado a punto de conseguirlo en aquel mismo instante. Solo el deseo de llevarla hasta el fin había conseguido que él superara aquel instante.

Recordó también cómo ella le había rodeado el cuerpo con las piernas, aferrándose a él para impedirle que se retirara. Como si él hubiera ido a hacerlo. Nada en el mundo le habría impedido llegar hasta el final. Incluso después de darse cuenta de que ella era, en contra de todas las expectativas, virgen.

¿Por qué no se lo habría dicho?

Sayid se colocó las manos detrás de la cabeza para evitar tentaciones. Supuso que eso era precisamente lo que ella le iba a decir cuando él le impidió seguir hablando con sus besos.

¿Cómo era eso posible? Tenía veintidós años. Había estado viviendo en Europa cuatro años y a Sayid no le cabía la menor duda de que los europeos habían encontrado su belleza y encanto tan irresistibles como él. Solo tenía que recordar el modo en el que el estadounidense había tratado de captar su atención la otra noche. Seguramente, Lina era un imán para los hombres desde la adolescencia.

¿Por qué no había aprovechado su libertad mientras estaba lejos de Halarq?

A pesar de su inocencia, no se podía negar que era una mujer muy sensual, con una profunda capacidad para el placer. Le intrigaba que no hubiera cedido antes a los impulsos naturales de su cuerpo.

Sayid ahogó la tensión que crecía en la parte inferior de su cuerpo. No la iba a despertar para más sexo a pesar de que él estaba más desesperado que hacía una hora. Ella había respondido muy bien, pero la tensión de su cuerpo relataba su propia historia. Seguramente, estaría dolorida.

Sin embargo, Sayid se acercó a ella, atraído por una mezcla de sentimientos que se negaba a catalogar. Se dijo que era responsabilidad. Había seducido a una virgen, él, que solo buscaba mujeres experimentadas. Se sentía obligado a cuidar de ella.

Obligación. ¿Era eso lo que sentía?

Lina se movió ligeramente y él sintió que se le hacía un nudo en el estómago. ¿Eran lágrimas secas lo que tenía en las mejillas?

La miró asombrado, tratando de asimilar una culpabilidad poco acostumbrada en él.

Lina volvió a moverse y Sayid se dijo que había sido tan solo un truco de la luz. Ella estaba agotada, nada más. ¿Quién podía culparla? Él mismo se sentía abrumado por lo que habían compartido.

A pesar de todo, sentía la necesidad de hacer algo, de arreglar las cosas, aunque ya nada podía deshacer lo que había hecho.

En realidad, no quería hacerlo. Un hombre más civilizado tal vez se lamentaría de haberle robado la virginidad. Él no. De hecho, ningún hombre decente le habría propuesto lo que él le había sugerido.

No se podía cambiar nada. ¿Cómo podría hacerlo, cuando el deseo que sentía por Lina seguía intacto? De hecho, parecía ser más fuerte que antes. Incluso después de una ducha fría, su cuerpo seguía experimentando apetito carnal.

No haría nada al respecto, aún no. Tampoco la dejaría marchar. Era demasiado egoísta y conocía sus límites, pero al menos respetaría su necesidad de descansar.

Se inclinó un poco hacia ella y tomó la sábana. Entonces, tiró de ella para taparle el hombro y cubrir su desnudez.

Lina no supo qué era lo que la había despertado. Estaba en la cama más cómoda del mundo, satisfecha como un gato al sol. Nunca se había sentido tan bien.

Se estiró perezosamente e, inmediatamente, se dio cuenta de dos cosas. Sentía un peso en el interior, entre las piernas y, además, no estaba acurrucada sobre el colchón, sino sobre un cuerpo.

Abrió los ojos de par en par. Con la suave luz del amanecer, vio que su almohada era un torso desnudo, fuerte y poderoso, cubierto de vello oscuro. Un segundo más tarde, se dio cuenta de que el pulso que latía en sus oídos no era el suyo, sino que provenía del mismo torso donde descansaba la cabeza.

–Buenos días.

Lina no tenía con lo que comparar la intimidad de

hacer el amor con Sayid, pero despertarse con él sintiendo los latidos de su corazón y escuchando su voz profunda, le hacía experimentar de nuevo el vínculo que le había dejado sin palabras la noche anterior.

Para su consternación, los nervios se apoderaron de ella. Una cosa era permitir que la arrastrara consigo en una tormenta de anhelo y deseo en la que, por la avaricia que sentía de él, había dejado atrás toda sombra de modestia. Otra muy distinta era despertarse a su lado la mañana después.

Levantó la cabeza. A pesar de la tenue luz, él seguía siendo impresionante. Su carisma tenía tanto que ver con su aura de fuerza como con los hermosos rasgos de su rostro, aunque algo duros en ocasiones. El suave nacimiento de la barba que le cubría la mandíbula resultaba arrebatador y sus ojos eran hipnóticos.

Lina sintió que la observaban, tratando de descubrir sus secretos. El aliento se le ahogó en el pecho. Sayid era hermoso como por arte del desierto, esculpido por el viento y el sol, pero tan magnífico que arrebataba el aliento.

—Buenos días —respondió ella.

Resultaba difícil creer que todo lo ocurrido la noche anterior no hubiera sido una fantasía. Entonces, de repente, él sonrió y Lina sintió que algo se contraía dentro de ella. La sensación fue gloriosa.

Sayid levantó la cabeza y le dio un beso en los labios. Inmediatamente, Lina abrió la boca y se inclinó para recibir más, pero él ya se estaba retirando.

—¿Cómo estás esta mañana, Lina?

—Bien. ¿Y tú?

—En serio, ¿cómo estás? Yo no tuve... el cuidado que debería. ¿Te duele?

—No... En realidad, no me duele —añadió cuando él entornó la mirada. Efectivamente, era más bien ser consciente de una parte de su cuerpo que nunca había sentido antes.

–Deberías habérmelo dicho antes de que nos acostáramos –dijo él. La sonrisa había desaparecido.

Lina se incorporó y puso distancia entre ellos, pero un fuerte brazo le rodeó la cintura y la ancló a su lado. Los nervios saltaron por debajo de su piel y, de repente, su cuerpo sintió un profundo anhelo. ¿De verdad tardaba tan poco en estar lista para Sayid? Ansiosa más bien.

Por supuesto, era natural que necesitara más de una noche para saciarse de él. No había nada de lo que preocuparse, a pesar de los miedos de la noche anterior por haberse enamorado.

–¿Por qué? ¿Te habrías detenido? ¿Habrías retirado tu propuesta?

Sayid respiró profundamente. Entonces, Lina también notó más abajo la potente erección contra el muslo. Se rebulló inquieta, descubriendo que una fina capa de algodón separaba sus cuerpos. Resultaba extraño lo familiar y peligroso que le parecía cuando estaban juntos.

Sayid le cubrió con la otra mano el trasero desnudo y la inmovilizó. Entonces, ella se dio cuenta de que se había puesto unos pantalones de algodón. ¿Por qué? ¿Acaso no deseaba más sexo a pesar de lo que parecía demostrar aquella erección?

–¡Deja de moverte!

Lina parpadeó y observó la tensión de aquellos hermosos rasgos. Una tensión que no había visto nunca antes. ¿Había reaccionado así porque se había frotado contra él? La posibilidad de que ella pudiera tener tanto poder la asustaba. Todo era muy nuevo para ella. Nuevo y delicioso. Movió las caderas tan solo un poco más.

–Lina...

Sayid no tardó en reaccionar. La tumbó de espaldas

y la inmovilizó con su cuerpo. Le colocó los muslos a ambos lados de los de ella, como si deseara evitar que se escapara. Pero Lina no tenía deseo alguno de salir huyendo. Cada parte de su cuerpo parecía estar volviendo a la vida, totalmente lleno de energía. Le hervía la sangre y sentía por todas partes un hormigueo...

La boca de Sayid no tardó en cubrir la suya. La poseyó totalmente, deslizándole la lengua entre los labios. Aquel beso la devolvía al reino de placer y sensualidad que había descubierto la noche anterior.

Comenzó a moldear con las manos el poderoso torso y luego le rodeó los hombros para anclar las manos en el cabello y acercarlo más a su cuerpo. Cuando Sayid levantó la cabeza, los dos estaban respirando muy agitadamente. De mala gana, Lina abrió los ojos.

La boca de Sayid mostraba un gesto duro, tenso.

–¿Qué ocurre? –le preguntó ella.

Lina quiso hacer desaparecer aquella expresión de su rostro con la misma intensidad que ansiaba que él volviera a besarla.

«Porque no es solo sexo lo que deseas, ¿verdad? Sientes algo por él».

La verdad se abrió paso a través del lánguido sentimiento de bienestar.

«Como si él necesitara que cuidaras de él».

La idea de que Sayid, tan capaz y tan inteligente como para estar al mando de una nación, pudiera necesitar a alguien y mucho menos a ella para que le cuidara era absurda. Eso no evitó que Lina levantara la cabeza y le diera un beso en la mejilla, y luego otro más. Solo consiguió que Sayid se retirara, creando más distancia entre ellos. Ella dejó caer la cabeza sobre la almohada sintiendo un nudo en el pecho.

¿Acaso a Sayid no le gustaba que ella lo besara sin que él la invitara a hacerlo?

Sayid sacudió la cabeza como si se estuviera aclarando los pensamientos.

—Me has preguntado si anoche me habría detenido si
hubiera sabido que eras virgen. Sería agradable decir
que sí, pero no es cierto. Siempre he tratado de ser un
hombre de honor y desflorar vírgenes es algo que he
evitado, pero contigo... Desde el momento en el que
apareciste en la puerta de mi habitación la otra noche,
estabas destinada a mi cama, Lina. Nada podría haberme contenido.

No parecía contento al respecto. De hecho, tenía un
aspecto más bien sombrío.

—Me alegro de oír eso. No quería que te detuvieras.
Quiero que me desees.

Sayid lanzó una profunda carcajada.

—Claro que te deseo. El problema es contenerme.

—No quiero que te contengas —susurró ella.

Sayid notó el contacto de los senos de Lina contra el
torso, por lo que comprobó que había vuelto a descender sobre ella, tumbándose de nuevo sobre ella, piel
contra piel.

—Simplemente te deseo —añadió Lina.

—Me alegro de que te muestres tan ansiosa después
de tu primera vez —comentó él aliviado.

Había temido que ella se mostrara más cautelosa
aquella mañana o que, incluso, lamentara la decisión de
entregarse a él. No obstante, no comprendía lo que estaba diciendo. No tenía ni idea del exigente amante que
él podía llegar a ser. Dormir a su lado toda la noche o,
más exactamente, permanecer despierto luchando contra la necesidad de volver a poseerla, había sido una de
las cosas más difíciles que había hecho en toda su vida.

—¿Por qué esperar hasta ahora para perder tu virginidad? Yo había dado por sentado que habías tenido
amantes antes, en especial dado que no te interesa el

matrimonio. A pesar de eso, te reservaste como si fueras a casarte.

–No es tan importante, ¿no? Todo el mundo ha de tener una primera vez.

Lina había bajado los ojos. Inmediatamente, Sayid entró en estado de alerta. Había tocado un punto sobre el que, a juzgar por la reacción de Lina, no quería hablar. Sayid se apoyó sobre un brazo y, con la otra mano, la obligó a levantar la barbilla.

–¿Qué es lo que estás ocultando, Lina?

Ella tenía los ojos abiertos. Sayid quería descubrir sus secretos, sus pensamientos, pero se sentía ahogándose en aquella mirada violeta.

–No estoy ocultando nada –contestó ella. Debió de notar el escepticismo de Sayid porque respiró profundamente–. Mira, crecí en un hogar muy tradicional. Mi madre había sido bailarina y su reputación había sufrido por ello y, tal vez por eso, luchó por proteger la mía todo lo que pudo. Los únicos hombres con los que yo tuve contacto cuando era niña eran parientes y amigos íntimos de la familia, normalmente de la edad de mi padre. No tuve oportunidad ni deseo alguno de acostarme con ningún hombre, en especial cuando vi el modo en el que algunos de ellos miraban a mi madre a pesar de que estaba casada. Me educaron pensando que el único hombre con el que me acostaría sería mi esposo –añadió–.

–Hasta que tu tío te envió aquí –dijo Sayid con un cierto sentimiento de culpabilidad. No se había aprovechado de ella entonces, pero después...

–Y tú me diste una oportunidad que yo nunca podría haberme imaginado –afirmó ella con una sonrisa–. Por primera vez, me diste poder sobre mi propia vida. Me diste libertad y el derecho a elegir.

–Pero tú no ejercitaste esa opción mientras estabas en Europa. ¿Por qué no?

—¿Y por qué debería haberlo hecho? No creo que sea algo sobre lo que haya que precipitarse. ¿Acaso importa cuando al final te elegí a ti?

A Sayid le estaba empezando a costar pensar. Debería estar contento de que ella hubiera aceptado aquella escandalosa proposición y se hubiera entregado a él.

Sin embargo, había algo más. Presentía que se trataba de algo sobre lo que Lina no deseaba hablar. ¿Acaso no le gustaba hablar sobre temas personales o era tal vez que alguien le había roto el corazón cuando estaba fuera? Si descubría que alguien le había hecho daño...

La ira prendió en él, pero, antes de que pudiera apoderarse de él, Lina le rodeó el cuello con los dedos y lo invitó a seguir besándola. Durante un instante, Sayid se resistió a la invitación. Su instinto le advertía de que había algo más y le preocupaba no saber de qué se trataba. No le gustaban los misterios, en especial si presentía que se podía tratar de algo importante.

—Sayid... ¿acaso no quieres besarme?

—¿Cómo puedes dudarlo?

Sayid se volvió encima de ella, colocándole la erección perfectamente alineada entre las piernas. Lina parpadeó cuando notó que él empezaba a mover las caderas. Si no se hubiera puesto los pantalones, la habría penetrado rápidamente. El pulso se le aceleró con solo pensarlo.

Segundos más tarde, se había despojado ya de la prenda y se estaba poniendo un preservativo. Decidió que pospondrían aquella conversación para más tarde. Decidió que la reticencia de Lina era tan solo una modestia natural. No necesitaba comprender todo lo que se refería a ella para disfrutar del sexo a su lado. En el pasado, le había ido bien no pensar demasiado en las razones o motivaciones de sus amantes. Era mucho más adecuado.

Sin piedad, aplacó la voz interior que le decía que
quería comprenderlo todo sobre Lina.

Ella le puso la mano sobre el corazón y fue deslizán-
dola poco a poco por el tronco hasta llegar al vientre y
aún más abajo. Las sensaciones explotaron dentro de él
a medida que aquella mano tan pequeña se cerraba alrededor de su masculinidad. Contuvo el aliento con el
primer contacto, cuando ella le deslizó la mano por
toda su longitud y luego se detuvo. El brazo que lo
sostenía sobre la cama se puso a temblar con fuerza.

–Más fuerte –susurró.

Lina comprendió a qué se refería y le agarró con
fuerza y comenzó a deslizar la mano centímetro a centímetro, hasta llegar a la punta. Sayid cerró los ojos.
Aquella caricia no era experta ni delicada, pero jamás
había experimentado un gozo tan puro con la mano de
una mujer.

«¿Por qué?».

Prefirió no responderse. Además, la sangre parecía
haberle abandonado el cerebro para dirigirse más abajo.
Estaba tan tenso como una tabla, pero, con aquella cálida caricia deslizándosele por el miembro sintió que se
deshacía por dentro. Los movimientos eran más segu-
ros y devastadores con cada pasada. Sayid trató de re-
cuperar el control, pero lo perdió definitivamente
cuando comenzó a temblar con la mano de Lina, incapaz de contenerse.

Abrió los ojos y se vio reflejado en la mirada violeta
de Lina. El rico aroma de las rosas y de la excitación
sexual femenina llenaba el aire. Ella le apretó y él se
tensó. En cualquier momento...

Apretó los dientes y le apartó la mano, temblando al
sentir cómo los dedos se le deslizaban por la erección.
Oyó que ella protestaba, pero no tenía ganas de hablar.
Le aplastó la boca con un beso brutal, que la devoró

con la pasión que había estado conteniendo.

Le cubrió la entrepierna con la mano y gozó al ver cómo ella levantaba las caderas con el contacto. Solo necesitaba comprobar... Sí. Lina estaba lista para recibirle.

Sayid había aprendido cómo hacer que los juegos preliminares fueran un arte y se enorgullecía por su paciencia y por asegurarse primero la satisfacción de su amante. Sin embargo, ya no había tiempo para sutilezas o paciencia. Se colocó encima de ella y, con un poderoso envite, empujó cada vez más fuerte para sentir cómo se deslizaba con increíble facilidad hasta el centro de su ser.

Lina lo miraba asombrada. Durante un instante, el mundo pareció detenerse. Entonces, antes de que Sayid tuviera tiempo de pensar en cómo moverse, la presión se apoderó de él. Lina se apretó con fuerza alrededor de él. El rubor le cubría los senos, la garganta y las mejillas. Tenía una mirada de asombro en el rostro.

Después, Sayid ya no pudo notar nada más que la tensión que lo rodeaba y el placer volcánico que eso le provocaba. Los músculos de ella se estiraban para acogerlo mientras Sayid, sin poder contenerse, se movía dentro de ella. No tardó en escuchar un grito de triunfo y un gemido de lo que esperaba que fuera placer. La fuerza cedió y se desmoronó sobre Lina.

Tenía que apartarse, tenía que separarse de ella, pero la fuerza se había vertido de su cuerpo. Además, sentía una caricia rítmica en la espalda que lo animaba a no moverse. Tenía la cabeza sobre el hombro de Lina y la estaba aplastando con su peso.

Por fin, se incorporó. Inmediatamente, ella murmuró un gemido de protesta y trató de retenerlo. Sayid le dio un beso en la perfumada piel del cuello y se apartó de su lado, tumbándose sobre la espalda. El roce de los cuerpos de ambos separándose le hizo echarse a temblar.

Aquello había sido milagroso. Mucho mejor que nada de lo que hubiera experimentado antes. Su cerebro trataba de encontrar la razón, pero no parecía haber ninguna en concreto. Ahogó una carcajada. Tal vez, después de años de práctica, acababa de conseguirlo por primera vez. Por el modo en el que se sentía, todo era posible.

—¿Qué te hace tanta gracia?

—Nada. Yo mismo. Mi cerebro ha sufrido un cortocircuito —dijo él mientras, con los ojos cerrados, buscaba a tientas la mano de Lina—. ¿Te encuentras bien?

—No estoy segura.

Sayid se incorporó para mirarla, a pesar de haber creído que jamás volvería a moverse. Lina tenía el cabello extendido sobre el colchón, como si se tratara de un halo.

—¿Te he hecho daño?

—Por supuesto que no... No tengo palabras, pero no me has hecho daño. Simplemente, jamás me imaginé que algo pudiera ser tan agradable. Me siento... cambiada. ¿Es siempre así?

El alivio le hizo sonreír.

—Raramente. Resulta evidente que estamos muy conectados el uno con el otro.

—Ah, eso lo explica todo entonces —comentó ella mientras se colocaba de costado—. ¿Te importaría abrazarme, por favor? Me siento... No quiero estar sola.

Sayid miró a la mujer que se estaba acurrucando contra su pecho y se recordó que él no daba abrazos. Los arrullos poscoitales debían evitarse para que una amante no se pusiera sentimental. En el pasado, le había ocasionado problemas a pesar de sus precauciones.

Sin embargo, en vez de apartarse, Sayid le deslizó el

brazo por debajo de la cabeza y la colocó encima de él. Automáticamente la abrazó y la estrechó contra su cuerpo.

–Qué bien...

A pesar de todo, Sayid sonrió. Sin embargo, cuando Lina se quedó profundamente dormida y el sol comenzó a teñir de tonalidades rosadas toda la estancia, la sonrisa se desvaneció.

Había perdido el control de un modo espectacular. Y, si era sincero consigo mismo, lo volvería a hacer si podía volver a experimentar lo que había sentido con Lina.

«Lina». Ella era la que marcaba la diferencia. Se había dicho que el sexo con Lina era como con cualquier otra mujer, pero no era cierto. Ella parecía ejercer un efecto diferente sobre él que Sayid no comprendía. Su instinto le advertía de que aquello podría ocasionarle problemas de una clase que ni siquiera era capaz de imaginarse. Sin embargo, Lina tenía algo que amenazaba su control sobre el sexo.

Podría renunciar a ella, decirle que una noche había sido suficiente y que no era necesario que estuvieran juntos una semana, pero todo su ser parecía protestar por ello. No quería hacerlo. Por primera vez en su vida, Sayid se veía incapaz de controlar su deseo.

La deseaba y tenía la intención de mantenerla a su lado. Durante una semana. Nada más.

¿Qué daño podría causarle una semana?

Capítulo 10

DÍA quinto y no había señal alguna de que el deseo que sentía por Lina estuviera decreciendo. ¿De verdad había esperado que fuera así?

Para ser justo, no la había tenido tan solo para sí. Normalmente, cuando aceptaba una amante, estaba con ella todas las horas del día, normalmente en un hotel de lujo en el que pudiera saciar sus sentidos sin distracciones. Durante esas vacaciones, se ocupaba de sus asuntos a distancia y tan solo durante unas horas al día.

Sin embargo, con Lina, no había tenido la oportunidad de reorganizar su horario para tomarse unos días libres. A Sayid le costaba concentrar su trabajo en unas pocas horas para poder disfrutar de Lina. Eso le volvía loco porque no se saciaba de ella. Se encontraba distraído en las reuniones por los recuerdos de ella o incluso planeando el sexo del que disfrutarían cuando su interminable día de trabajo finalizara. Por ello, cada día que pasaba resultaba más evidente que no iba a bastarle tenerla en su cama durante siete días.

Aquella idea le torturaba. Nunca antes había necesitado más de una semana con ninguna mujer, por muy hermosa o encantadora que fuera.

Por el bien de Lina, fingía que no eran amantes. Se negaba a poner en riesgo su reputación más aún dejándolo todo para llevársela a un nido de amor. En público, eran tutor y pupila. Solo podía esperar que la lealtad de los empleados que sí conocían lo que ocurría entre ellos evitara que se produjeran chismes que pudieran hacerle daño.

Sin embargo, cada día Sayid alteraba un poco su horario para verla. El día anterior, le había sugerido al *senhor* Neves que se llevara a su esposa para visitar la mina. Dado que Lina y ella se habían hecho amigas y que la intérprete de portugués aún se estaba recuperando de su enfermedad, Lina los acompañó también.

La atención de Sayid se distraía a cada momento. Se pasaba demasiado tiempo mirando a Lina. En aquel asunto, había una serie de temas medioambientales que podían poner en peligro la operación, razón por la que Sayid estaba allí. Al principio, las conversaciones fueron secas y formales, tal y como se esperaba entre un emir y su pueblo. Eso frustraba a Sayid, que quería conocer la verdad. En esa ocasión, la ayuda de Lina resultó impagable. Sayid comprendió por fin por qué su ministro de Educación decía que Lina valía más que diez asesores profesionales. En una mañana, había aprendido más sobre las preocupaciones de los locales sobre la mina que con seis informes oficiales.

Aquel día, Sayid había cancelado una reunión a última hora para aceptar una invitación que normalmente hubiera rechazado. Se trataba de una boda que se iba a celebrar en la comunidad que había visitado la semana anterior, cuando vio a la futura novia y a Lina practicar la danza ritual.

—Estarán encantados con su asistencia, señor —le dijo Makram mientras fruncía el ceño al mirar su agenda—. Será un honor inesperado —añadió sin atreverse a preguntar.

Por mucho que valorara a Makram, Sayid no tenía intención de explicarle su decisión de asistir. En aquella ocasión, no tenía nada que ver con el hecho de resultar más accesible para su pueblo, sino con Lina. Ella iba a asistir a la boda, que se celebraría por la tarde.

Sayid había reprimido su protesta al enterarse de la noticia. Normalmente, cuando sus deberes profesionales terminaban, quería que Lina estuviera con él. Sin embargo, Lina se había reafirmado en su deseo de asistir a la boda puesto que había dado su palabra a la novia de que estaría a su lado para el baile. Por eso, Sayid se encontró como huésped de honor en las festividades que se estaban celebrando en medio del desierto, tal y como era la tradición en Halarq.

Había pasado mucho tiempo desde la última vez que Sayid asistió a una boda. Eso explicaba su interés por las bailarinas, pero le estaba resultando muy difícil no mirar fijamente a la que llevaba un vestido añil con adornos rojos y plateados.

Cada movimiento del cuerpo de Lina le recordaba al modo en el que ella respondía cuando él la poseía. Los delicados movimientos de su cuerpo y de las manos le recordaban al modo en el que ella lo acariciaba y se abrazaba con fuerza a él.

En la cama, Lina no era tímida. Se mostraba exuberante y activa. Nunca le negaba nada y dejaba que él expandiera sus experiencias sexuales con gran entusiasmo. Hacían una pareja perfecta.

El deseo se despertó en él cuando su mirada se encontró con la de Lina. El collar que ella se había puesto se deslizó ligeramente y Sayid pudo descubrir que tenía la piel irritada en la base del cuello. La noche anterior se le había olvidado afeitarse y, desde aquella mañana, ella portaba las pruebas de sus caricias en cuello, senos y más abajo.

Ver las marcas de su pasión despertó en él un sentimiento de culpabilidad y una fuerte sensación de posesión, como si hubiera querido marcarla públicamente y anunciar que ningún otro hombre se atreviera a mirarla.

Sayid odió la fuerte sensación de indefensión que

experimentó por no poder reclamarla como suya e impedir que otros salivaran por ella. Podría haber proclamado que ella era su amante, pero, por el bien de Lina, no lo había hecho.

–Su Alteza, ¿le agradaría ver la exhibición de arco?

Sayid quería quedarse allí viendo a Lina y precisamente por eso se puso inmediatamente de pie. Nunca había sido la clase de hombre que suspirara por una mujer.

–Estaré encantado.

Se levantó y les dio la espalda a las bailarinas. Se negaba a comportarse como un adolescente enamorado. Sin embargo, alejarse de allí le resultó más difícil que nada de lo que había hecho en todo el día.

–¿No es espectacular? –le preguntó la muchacha que había a su lado con un suspiro–. Ojalá mis padres me encontraran un hombre así con el que casarme.

Lina sintió que se le hacía un nudo en el pecho. Seguramente, se debía al agotamiento por el baile. No tenía nada que ver con la idea de imaginarse a Sayid de novio, a punto de casarse con otra mujer.

Era Sayid del que la muchacha estaba hablando.

Habían visto el final del concurso de arco. Para sorpresa de Lina, Sayid había esgrimido un poderoso arco tan fácilmente como si se tratara de aguja e hilo. Para delicia de todos los asistentes, y de Lina en particular, solo había sido derrotado por un único tiro en la última ronda. El ganador resultó ser el campeón del estado, pero era al emir al que aplaudían todos los presentes.

A continuación, en vez de regresar a su asiento, Sayid se había unido al resto de los hombres en la exhibición de monta.

Era un jinete diestro y aventajado. Lina le observó encandilada mientras él recorría el circuito. Sayid sorteaba con habilidad los obstáculos, como si el caballo y él fueran uno solo. Todos los presentes aplaudían a rabiar.

–¿No es maravilloso? –afirmó suspirando la muchacha que estaba sentada a su lado–. ¿No querrías que fuera tuyo un hombre como ese?

Lina no pudo responder. El dolor que sentía por dentro le encogía las entrañas. Claro que lo deseaba y no simplemente porque fuera atlético e impresionante, sino solo porque era Sayid.

Lo deseaba. Desesperadamente.

Durante los cinco días que llevaba siendo su amante secreta, el deseo que sentía por Sayid se había incrementado en vez de disminuir. Lina quería más, mucho más. La idea de que él pudiera realizar todas aquellas hazañas algún día en la boda con otra mujer le provocaba náuseas.

A pesar de todo, se dijo que fuera lo que fuera lo que le deparaba el futuro, le deseaba a Sayid todo lo mejor. Un matrimonio feliz, una esposa que lo amara y la bendición de los hijos. Aquel pensamiento le produjo un fuerte dolor en las costillas, hasta tal punto que le costó respirar.

–Ciertamente es memorable –murmuró por fin.

–Y pensar que tú lo ves tanto... ¡Qué suerte tienes!

Lina asintió en silencio sin dejar de mirar a Sayid. No era suerte lo que Lina tenía. ¿Qué posibilidades tenía de que un hombre como Sayid tuviera interés por ella? Aquella semana juntos estaba siendo una gloriosa experiencia y tenía la intención de atesorar todos los recuerdos para el solitario futuro que le esperaba.

Horas más tarde, Lina estaba en el fragante patio de palacio. Regresaba a sus habitaciones sin poder dejar de pensar en Sayid.

Aunque habían regresado juntos a palacio, se habían

separado en el vestíbulo principal y él se había dirigido a su despacho. A Lina no debería haberle sorprendido. Nunca se dirigían juntos a sus respectivas habitaciones. Era como si él no quisiera recordar a nadie que estaban juntos y solos en un ala exclusiva de palacio.

¿Estaba protegiendo su reputación? Lina debería estar agradecida, pero aquella noche se sentía nerviosa. La necesidad que tenía de él era más fuerte que nunca y sentía la piel tensa y los nervios presa de un estado de frenética anticipación.

Seguramente se reunirían aquella noche. No habían pasado una noche separados desde que ella había aceptado ser su amante. El deseo se extendió lentamente por su vientre.

La manera en la que la había mirado durante el baile había sido tan intensa y fuerte que ella había estado a punto de cometer un error. Había querido acercarse a él entonces, sentir sus manos sobre la carne desnuda y el aliento sobre sus labios mientras que su poderoso cuerpo se movía en armonía con el de ella.

Se echó a temblar y se rodeó con los brazos mientras se apoyaba sobre una columna del patio porticado que rodeaba el jardín de rosas. Normalmente, le encantaba aquel lugar, pero aquella noche no encontraba consuelo allí.

Deseaba a Sayid con cada célula de su cuerpo, pero también anhelaba el derecho de estar a su lado, no solo cuando disfrutaban del sexo. Quería tener un papel en la vida de Sayid y aquel pensamiento la aterrorizaba.

Sacudió la cabeza y se dirigió hacia su dormitorio. No podía pensar así. Aquella aventura estaba limitada en el tiempo y no era negociable.

Minutos más tarde, abrió la puerta de sus habitaciones y entró. Cerró la puerta y, al avanzar, se topó de frente con la figura que la esperaba en la oscuridad.

–¿Sayid?

La pregunta terminó con un ahogado sonido de placer cuando él la besó sellándole así los labios. El deseo se apoderó de ellos como si fuera un torbellino, borrando dudas y preguntas anteriores. Aquello no podía durar, pero, por el momento, Sayid le pertenecía.

–¿Dónde demonios estabas? –le preguntó él–. Estaba a punto de mandar a alguien a buscarte.

La estrechó entre sus brazos y la levantó con fuerza, de modo que los pies de Lina ya no tocaban el suelo. Ella adoraba su fuerza y su habilidad. Le revolvió el espeso cabello con los dedos y le mordisqueó el labio inferior. Sintió que Sayid comenzaba a andar hasta que ella sintió algo frío y duro en los hombros.

Lina abrió los ojos y se dio cuenta de que estaban en su salón privado y que él la había apoyado contra la puerta de cristal que conducía a su balcón. Ella levantó las piernas y le rodeó las caderas con ellas. Tembló al sentir la potente erección. El deseo que sentía por él era la afirmación máxima, que llegaba hasta alturas imposibles de calibrar. Solo le hacía falta sentir sus labios y el cuerpo de Sayid para caer en la desesperación.

Trató de subir un poco más, pero se lo impedía el vestido. La falda no era lo suficientemente amplia. Un gemido se le escapó de los labios cuando una gran mano le cubrió un seno y le envió un espasmo de placer por todo el cuerpo.

Segundos más tarde, la mirada de Sayid se encontró con la de ella. Entonces, con un rápido movimiento, la dejó en el suelo y le dio la vuelta. Por suerte, él no la soltó en ningún momento, dado que si no Lina se hubiera caído al suelo.

Asombrada, miró a través del cristal y vio cómo las luces de la ciudad se extendían frente a ella. Entonces, sintió que Sayid le tiraba de la falda y le dejaba las piernas al descubierto. Se echó a temblar, sorprendida de lo expuesta que se sentía, aunque aún estaba prácticamente vestida. De repente, Sayid le subió la falda hasta las caderas.

Lina notó el aroma de la excitación sexual y escuchó su laboriosa respiración. Cerró los ojos para dar las gracias cuando escuchó que él bajaba una cremallera. La sangre comenzó a latirle con fuerza cuando Sayid deslizó la mano por su cadera y se la metió por debajo de las braguitas. Entonces, se le cortó la respiración cuando escuchó que él le desgarraba la tela.

–Sayid...

No pudo seguir hablando porque él empezó a besarla con la boca abierta, apasionadamente, sobre la base del cuello mientras los largos dedos se deslizaban entre los húmedos rizos de su entrepierna. Inmediatamente, ella separó las piernas y escuchó un profundo gemido de apreciación. Entonces, la mano se deslizó un poco más abajo y ella se arqueó para facilitarle el contacto.

–¿Me deseas, pequeña?

Lina asintió. Abrió la boca, pero no pudo hablar. Solo consiguió emitir unos gemidos de placer al sentir cómo los dedos estimulaban el sensible centro de su feminidad.

–Llevo todo el día deseándote –murmuró él mientras le mordisqueaba el cuello y apretaba sus labios contra ella, acrecentando su pasión–. Te deseaba en la boda mientras bailabas para todos esos hombres.

Lina estaba a punto de decirle que había bailado solo para él, pero Sayid volvió a tomar la palabra.

–Quería acercarme a ti y reclamarte, sacarte de allí y poseerte.

La voz de Sayid estaba poseída por la necesidad. Lina la experimentó cuando apretó la erección contra su trasero. Inmediatamente, Lina se apoyó contra el cristal y se inclinó ligeramente hacia delante para invitarle con su calor.

—Puedes poseerme ahora mismo.

—Claro que puedo, ¿verdad?

Sayid le agarró las caderas con las manos y tiró de ella. Era precisamente lo que ella deseaba, pero no le bastaba.

Hizo girar la pelvis porque necesitaba más contacto. Sintió que él se unía a ella colocándole la erección en su lugar y empujando hasta que consiguió que Lina contuviera la respiración y se maravillara por lo que estaba sintiendo.

Necesitaba tomar aliento, acostumbrarse a aquella poderosa invasión que la llenaba de la manera más maravillosa, pero Sayid comenzó a moverse dentro de ella, retirándose y hundiéndose en ella alternativamente con una fuerza que la hizo exhalar todo el aire que tenía en los pulmones.

Una mano abandonó la cadera para capturar uno de los senos. Lina no pudo contener el gemido de placer que surgió en su garganta. Coincidió con el siguiente envite de Sayid y ella se arqueó con fuerza para recibirlo.

Él deslizó la otra mano por el vientre de Lina y comenzó a apretar el centro de su feminidad. Justo entonces, volvió a hundirse en ella con fuerza y le hizo explotar en un potente clímax que la hizo saltar en pedazos. Sayid se levantó dentro de ella y Lina sintió el placer que experimentaba cuando se vertía en ella presa del éxtasis. Oyó que él lanzaba un grito de triunfo y se perdió cuando Sayid la estrechó entre sus brazos, apretándola con fuerza.

El resto de la noche fue parecido. Intervalos de desesperado deseo y de radiante gozo entremezclados con instantes más tranquilos de increíble cercanía.

Era como si una barrera invisible se hubiera quebrado entre ellos. Mientras Sayid le acariciaba el cuerpo delicadamente, Lina pensó que él le había asegurado que era un hombre apasionado y exigente, pero nunca se había dado cuenta antes de lo que eso significaba o de lo mucho que ella podía gozar de su naturaleza terrenal y carnal. Parecía que, como respuesta a él, Lina había descubierto una faceta nueva de su feminidad. Una predisposición a todo lo que Sayid pudiera proponerle. ¿Era porque ella también tenía una fuerte y sensual naturaleza o precisamente porque su amante era Sayid?

Se echó a temblar y notó que la mano que la acariciaba se detenía inmediatamente.

–Lo siento. Te he mantenido despierta. Necesitas dormir. Tienes tiempo antes de desayunar.

Lina notó que él se apartaba de ella en la cama y abrió los ojos para descubrir que ya era de día y que los primeros rayos de sol estaban iluminando ya la habitación.

–Sayid...

–Shh... Duerme mientras me ducho –le susurró mientras le daba un beso antes de marcharse.

Lina no pudo protestar tal y como había deseado porque quería más. No solo sexo. Estaba empezando a desear cosas que le estaban vedadas.

Capítulo 11

DELIBERADAMENTE, Sayid se tomó su tiempo en el cuarto de baño. Lina necesitaba dormir porque él la había mantenido despierta toda la noche. La desesperación se había apoderado de él, la necesidad de saciarse de ella antes de que terminara su tiempo juntos.

Estaban ya en el sexto día. Solo les quedaba aquel día y el siguiente. Nada más.

A menos que negociara con Lina.

Seguramente, no sería ningún problema. Lina lo deseaba a él tanto como Sayid a ella.

El problema era el precedente que crearía. Admitiría por primera vez en su vida que necesitaba más tiempo con una mujer. Lina amenazaba con romper el equilibrio que él se había esforzado tanto por mantener.

Abrió la puerta para regresar al dormitorio con la certeza de que estaba exagerando. Ciertamente el sexo era increíble, pero no había nada más. Estaba creando complicaciones donde no existían.

Se detuvo en seco al escuchar una voz cantando, una voz pura que entonaba una delicada melodía. La voz de Lina era tan hermosa como la emotiva canción que estaba interpretando. Parecía expresar un profundo anhelo, que Sayid quiso aliviar reconfortándola y haciéndola sonreír.

Ella estaba sentada junto a la ventana, con la cabeza gacha. Se había envuelto con una especie de chal y, evidentemente, estaba desnuda debajo. Cuando él se acercó, Lina levantó la mirada y sonrió. Aquel gesto despertó algo dentro del pecho de Sayid. No era solo su belleza, sino la luz que desprendía, como si estuviera iluminada desde el interior, tan solo con verlo.

—¿Qué estás cantando?

—Solo una vieja canción de mi hogar.

—No la había escuchado nunca. ¿Sobre qué trata, aparte de sobre la luz de la luna?

Lina se encogió de hombros.

—El amante de la mujer se ha marchado lejos. Ella lo echa de menos y se pregunta si regresará tal y como le ha prometido. Ella se consuela con la luna, sabiendo que por muy lejos que él esté y aunque no pueda volver a abrazarlo, los dos compartirán su luz.

De repente, ella apartó la mirada. Sayid se dio cuenta de que estaba incómoda. ¿Por qué? Se acercó a ella.

—Tienes una voz muy hermosa.

—¿Tú crees?

—Por supuesto, ¿es que no lo sabías?

—No... en realidad nunca me animaron a cantar o a bailar después de que muriera mi madre. Mi padre primero y luego mis tíos me dijeron que no debía recordar a todos que mi madre había sido una bailarina pagada. Creían que se reflejaría mal en la opinión que todos tuvieran sobre mí.

—Tienes una voz muy hermosa y es un placer verte cantar y bailar —afirmó Sayid, algo enojado por lo que acababa de escuchar.

—El baile de la boda es el primero que he realizado desde hace muchos años, pero no pude resistirme.

—Deberías hacerlo con más frecuencia si te hace feliz. ¿Qué otras cosas te hacen feliz, Lina? —le preguntó mientras acercaba una silla y se sentaba junto a ella.

Conocía a Lina muy bien, pero, de repente, quería saber mucho más.

Ella lo miró a los ojos y se sonrojó.

—Aparte del sexo —dijo él con una sonrisa. Los dos compartían ese deseo.

Su rubor se intensificó.

—Hablar con la gente. Aprender de sus vidas. Los idiomas, la historia... Coser —prosiguió—. Los niños pequeños. Los perros... En realidad, soy bastante común y doméstica.

Lo dijo con cierto desprecio. Sayid no logró comprender por qué.

Entonces, Lina se incorporó y fue a recoger la camisa que Sayid había llevado a la boda del día anterior. Después, fue a buscar aguja e hilo.

—¿Qué vas a hacer? ¿Es mi camisa?

—Sí. La desgarraste anoche —comentó con una sonrisa—. O te mostraste demasiado enérgico en el tiro al arco, o en la doma o... desnudándote.

—No tienes por qué arreglarla —comentó mientras observaba cómo ella manejaba la aguja con rápidos movimientos

—Es tan solo un pequeño desgarro. Además, me gusta coser. Bordar no, tal y como te podrá asegurar mi tía, pero remendar o confeccionar ropa me encanta. De hecho, me hago todos mis vestidos.

Sayid la miró con incredulidad mientras recordaba todos los vestidos que ella había lucido y que tan bien le sentaban.

—¿Te has hecho todos los vestidos que has llevado puestos en palacio?

—Sí... Vaya, pensé que estaban bien.

—Estaban mejor que bien —exclamó él sacudiendo la cabeza—. Jamás lo habría adivinado, pero estoy seguro de que tu asignación te da para...

–Me gusta coser y me he comprado las telas con el dinero que ahorré cuando estaba en Suiza. Ahora que he terminado mis estudios, prefiero no aceptar dinero tuyo. Ya es más que suficiente con que me tengas en palacio.

¿Cuántas personas rechazarían apoyo económico? Pensó en sus anteriores amantes, que habían estado encantadas de aceptar joyas y ropas caras. Lina tan solo quería aceptar el alojamiento que él le proporcionaba.

Como si se sintiera satisfecha por el hecho de que él no fuera a protestar, Lina se puso de nuevo a coser.

Sayid pensó que debería marcharse. Tenía reuniones que preparar, pero le resultaba imposible moverse de allí.

–¿Qué es eso? –le preguntó mientras señalaba una cajita adornada con cuentas a modo de flores.

–Es un costurero que me hizo mi madre.

–Estabas muy unida a ella.

Lina sonrió con tristeza.

–Ella lo era todo para mí. Mi amiga y mi madre. Mi padre era... distante. Ella me animaba a creer que el mundo podía ser maravilloso.

Aquello era algo que Lina había interiorizado perfectamente. Todo el mundo respondía automáticamente a su vibrante personalidad. Como él.

–Debería marcharme –dijo, pero no se movió.

Se limitó a observar cómo ella cosía y levantaba la camisa para inspeccionarla. Había algo en aquella escena, en compartir aquel instante de relajación, que le hacía sentirse bien.

–¿Qué es lo que te gusta a ti, Sayid? ¿Qué te hace feliz? Aparte del sexo, claro está –añadió con una sonrisa.

Sayid ahogó una carcajada.

–Las reuniones que terminan a tiempo. Los gobernadores provinciales que gobiernan bien...

Lina sacudió la cabeza.

–Me refiero a personalmente. ¿Con qué disfrutas?

¿Disfrutar? Sayid no había pensado en el placer personal aparte de breves encuentros sexuales.

–Un gobernante no tiene tiempo para disfrutar.

–Eso no es cierto. Incluso los reyes y los primeros ministros tienen pasatiempos.

–Yo no. Heredé un país al borde de la guerra. Un país que no había cambiado sustancialmente en una generación. Muchas personas han tenido que esforzarse mucho para transformar Halarq en una nación próspera y dispuesta a disfrutar de un futuro en paz. Además, yo no nací destinado para este papel. Debía ser mi primo el que heredara el trono, pero murió de meningitis un año antes que mi tío.

–Lo siento mucho. ¿Estabais muy unidos?

–Solo de niños –dijo él encogiéndose de hombros–. No nos habíamos visto mucho en los últimos años.

Lina lo miraba con atención.

–Efectivamente, has estado muy ocupado –dijo ella volviendo al tema original–, pero, aparte de jefe de Estado eres también hombre. ¿Qué es lo que te hace feliz?

Sayid sonrió. Ciertamente, Lina no se parecía a ninguna mujer que hubiera conocido antes.

–Resolver problemas –dijo sin pensar–. Encontrar maneras creativas de solucionar las cosas.

Lina asintió.

–Esa es una de las razones por las que se te da tan bien gobernar. ¿Qué más?

–Los deportes. El tiro con arco y los deportes de equipo. Me encantaba el fútbol en mi adolescencia y soñé con convertirme en jugador profesional, pero no había opción –replicó Sayid––. El sobrino del emir de Halarq debe servir a la Corona y no hacer algo tan frívolo como ganarse la vida dándole patadas a un balón.

–¿Echas de menos el fútbol?

–Me divertía mucho, pero prefiero los desafíos que tengo ahora.

–Entonces, te gusta el sexo, resolver problemas y el deporte. ¿Nada más?

Sayid sonrió.

–La astronomía –dijo moviendo sugerentemente las cejas–. Ven a mi dormitorio esta noche y te enseñaré mi telescopio. Es muy grande y poderoso.

Lina se echó a reír.

–Me apuesto algo a que eso se lo dices a todas.

Estaba tan bonita cuando sonreía de ese modo... Sensual y guapa, claro está, pero también bonita y sugerente de un modo que no tenía nada que ver con el atractivo sexual. Sayid nunca había conocido a una mujer como ella. ¿Se cansaría alguna vez de descubrir nuevas facetas de ella?

–¡Es cierto! Tengo un telescopio muy poderoso –afirmó él sonriendo.

Lina sonrió también y le dedicó una mirada de soslayo hacia la entrepierna.

–Pues me gustaría que esta noche me dijeras el nombre de las estrellas. Yo ni siquiera conozco sus nombres.

–El mejor lugar para verlas es el desierto, lejos de las luces de la ciudad.

Casi sin darse cuenta, Sayid se encontró planeando una salida al desierto con Lina. Después de mirar las estrellas, podrían...

–¿Es esa la hora? –le preguntó de repente Lina tras ver por casualidad el reloj de Sayid mientras se levantaba precipitadamente–. Se supone que tengo que reunirme con Leonor dentro de una hora. La *senhora* Neves –añadió a modo de explicación.

–En ese caso, es mejor que te marches –dijo Sayid

mientras se ponía también de pie y rodeaba a Lina con un brazo por la cintura.

Inmediatamente, ella se quedó inmóvil y se reclinó sobre su cuerpo. Sayid se inclinó a su vez sobre ella y le dio un beso en la boca, poseyéndosela con una lánguida caricia que la empujó a ella a rodearle el cuello con los brazos. Lina le devolvió el beso con un entusiasmo que amenazaba con hacerle olvidar a Sayid su propio horario.

Por fin, Sayid rompió el beso y se alegró al ver que ella esbozaba una mueca de pena.

–Dejaré que te marches tú primero –dijo. Los dos nunca abandonaban el ala privada de palacio a la vez. No querían levantar especulaciones sobre su relación–. Tengo un informe que leer antes de mi primera reunión.

A pesar de todo, Sayid sintió tristeza cuando ella se marchó. Había disfrutado mucho de aquella sencilla charla con Lina, siendo simplemente un hombre. Aquella noche, cuando volvieran a reunirse, le hablaría sobre lo que habían acordado. Evidentemente, siete días no era suficiente para ellos.

Treinta minutos más tarde, Sayid abandonó sus habitaciones. Tras salir al patio, se detuvo al reconocer inmediatamente el aroma a rosas de Lina. Evidentemente, ella acababa de marcharse.

–Es muy hermosa y muy agradable. No muchas mujeres tan importantes como ella saludan a una limpiadora –decía la voz de una mujer desde las sombras.

–Claro que es hermosa –replicó otra voz, en esa ocasión de un hombre–. Es la concubina del emir. Está aquí para calentarle la cama. No creerás que él iba a aceptar a una fea para acostarse con ella, ¿verdad?

–¿Concubina, dices? Eso no puede ser. ¿No querrás decir que...?

–La enviaron aquí para abrirse de piernas con Su Alteza. Al principio él no la quería y la mandó al extranjero para pulirla un poco y para que pudiera experimentar más con los hombres y que así pudiera servirle mejor. Sin embargo, los buenos modales y la ropa bonita no hacen que sea mejor que ninguna otra ramera...

–¡Silencio! –rugió Sayid. Los dos limpiadores se quedaron completamente inmóviles–. Presentaos inmediatamente ante vuestro supervisor. Yo me pondré en contacto con él en breve y tú –añadió señalando al hombre–, vete buscando otro trabajo.

Los dos salieron corriendo, pero no consiguieron aplacar así la ira de Sayid. ¡Haber tenido que oír que describían a Lina de aquella manera! Prosiguió con su camino mientras se golpeaba la mano con el puño.

Sin poder contenerse, golpeó con fuerza una columna. El dolor físico le ayudaba como distracción de la feroz agonía que sentía en su interior.

¿Su conciencia, tal vez?

Se había imaginado que la reputación de Lina se resentiría si se convertía en su amante, pero eso no le había detenido. Solo había estado pendiente de disfrutar de su propio placer. ¿Qué derecho tenía a seducir a una mujer que se había presentado ante él cuando tan solo era una niña inocente, la mujer que sabía que se sentía en deuda con él? La mujer cuyo nombre y oportunidad de encontrar marido se vería disminuida si se conocía su relación con él.

Sayid lanzó una maldición y siguió andando mientras trataba de encontrar la manera de poder proteger a Lina. Desgraciadamente, tenía la sensación de que era demasiado tarde. El daño ya estaba hecho.

De repente, casi por arte de magia, encontró la respuesta que andaba buscando. Era tan sencilla como eficaz. Sonrió fríamente y sintió alivio y determinación a la vez.

Se dio la vuelta y se dirigió a su despacho. Tenía muchas cosas de las que ocuparse.

–¿Querías verme?

Lina hizo todo lo posible por expresar despreocupación, pero el corazón le latía con fuerza en el pecho. Sayid nunca mandaba a buscarla para tratar de mantener las apariencias y la distancia entre ellos.

Aquella mañana, cuando estaban charlando, Lina había sentido algo especial en él, algo que no tenía nada que ver con el sexo.

Tal vez, Sayid la había mandado llamar para sugerirle una prórroga de la semana que habían acordado. Tal vez había empezado a sentir...

–Sí, entra, por favor.

Los dos estaban solos en su despacho. Lina no podía interpretar la expresión de su rostro. No era deseo, ni ternura ni nada que hubiera visto anteriormente en él. Atravesó el despacho y se detuvo a pocos pasos de distancia. A pesar de que nadie iba a interrumpirles allí sin llamar antes a la puerta, Sayid mantuvo las distancias. Lina no tenía un buen presentimiento.

Entrelazó las manos y esperó, diciéndose que no importaba que él no la abrazara. Mintiéndose como era habitual. No sabía cuánto tiempo más podría seguir fingiendo que no le importaba nada porque, desgraciadamente, le importaba mucho. Demasiado.

Decidió tomar la palabra, dado que Sayid parecía sumido en sus propios pensamientos.

–¿Para qué querías verme?

–Es sobre nuestro... acuerdo –dijo él por fin.

Lina sintió que el corazón le estallaba en el pecho.

Aquella mañana había creído que algo más era posible, pero, en aquellos momentos, tras ver el gesto del rostro de Sayid, le pareció que sus esperanzas eran ridículas. No obstante, decidió esperar. Tal vez él iba a admitir que quería que ella se quedara durante más tiempo y, entonces, ¿quién sabía lo que podría ocurrir?

—¿Sí?

—Ya no es apropiado —anunció él flexionando las manos.

—¿Que no es apropiado?

El corazón amenazaba con salírsele del pecho. La excitación se apoderó de ella a pesar de sus intentos por mantenerse tranquila. ¿Acaso sentía lo mismo que ella? ¿Sería posible que Sayid hubiera comenzado a sentir lo mismo que ella, que Lina hubiera dejado de ser para él una pupila o una responsabilidad para convertirse en su amor?

Apretó los labios y esperó. Sintió que su felicidad futura descansaba en las siguientes palabras que Sayid pronunciara.

—Eso es —dijo él mirándola con curiosidad. Lina no leyó felicidad en su expresión, sino solo determinación—. Quiero que te cases conmigo.

Capítulo 12

LINA jamás había esperado escuchar aquellas palabras a pesar de haber soñado con ellas en innumerables ocasiones. Sin embargo, a pesar de que el corazón le latía a toda velocidad por la alegría producida por lo que acababa de escuchar, permaneció inmóvil. Algo no iba bien. El rostro de Sayid y su voz no parecían presagiar nada bueno.

Verdaderamente, Sayid no parecía su amante. No había deseo en sus ojos, ni sonrisa en sus labios. Nada. Ciertamente, nada de amor. Tenía un aspecto frío y sin sentimientos, decidido y cruel.

Si cerraba los ojos y se concentraba solo en las palabras que acababa de escuchar, tal vez podría convencerse de que aquello era el comienzo de su felicidad. Solo por un instante. El rostro rígido de Sayid no daba pie a ilusiones.

—¿Por qué quieres casarte conmigo?

—¿Acaso no basta con que yo lo desee? —replicó él con altivez.

Lina lo miró a los ojos a pesar de lo rápido que le iba el corazón.

—No sabía que estabas pensando en el matrimonio.

—Pues lo estoy —replicó él sorprendido por aquella temeridad—. Y quiero que tú seas mi esposa.

—¿Esto es porque anoche se te olvidó utilizar preservativo? ¿Tienes miedo de que pudiera haberme quedado embarazada? —le espetó ella.

Sayid se tensó al escuchar aquellas palabras. Torció la boca.

–Esperaba que no te hubieras dado cuenta. No quería que te preocuparas. Fue una torpeza por mi parte.

Lina sintió un profundo alivio.

–En realidad, no estaba preocupada. Sé que cuidarías de mí si me quedara embarazada –dijo. Observó atentamente a Sayid y comprendió que había algo más–. En realidad, hay pocas posibilidades de que esté embarazada, por lo que creo que una propuesta de matrimonio es algo prematuro.

–¿Acaso no quieres casarte conmigo? –le preguntó él con incredulidad.

–Lo que quiero, Sayid, es saber la razón por la que quieres casarte conmigo –replicó ella cruzándose de brazos–. Siempre hemos sido sinceros el uno con el otro. Me gustaría comprenderlo. No es que estés enamorado de mí –añadió al ver que él permanecía en silencio.

–Los miembros de las familias reales no se casan por amor.

–Eso lo sé –se apresuró ella a decir–. Por eso me sorprende. No me considero apropiada para ser la esposa de un emir.

Sayid se levantó y se acercó a ella, pero se detuvo antes de estar demasiado cerca, como si prefiriera mantener las distancias.

–Te subestimas, Lina. Eres hermosa y encantadora. Tienes buenos modales y eres una excelente anfitriona. Con el tiempo, estoy seguro de que nuestro pueblo te adoraría.

El pueblo, no Sayid. Era lo que Sayid no decía lo que más alto resonaba.

–Es cierto que mis consejeros me han estado señalando las ventajas de un matrimonio para asegurar el trono para el futuro.

Un hijo. Eso era a lo que se refería. Lina se cubrió el cuerpo con los brazos a modo de protección ante la repentina excitación que le provocaba la idea de convertirse en la madre de un hijo de Sayid.

Sin embargo, la excitación se aplacó rápidamente. Tal vez era una muchacha de campo que aún estaba aprendiendo las costumbres de la ciudad, pero comprendía muchas cosas. Conocía la realidad de un matrimonio entre personas de distinta clase social.

No quería un matrimonio como el de sus padres, donde todo el poder descansaba en el marido. Lo único que se esperaba de la esposa era que le agradeciera continuamente que la hubiera sacado de la pobreza. No quería un matrimonio en el que lo único que se esperaba de ella era que engendrara un heredero.

Quería estar casada con un hombre que fuera su compañero, aunque para el resto del mundo su autoridad excediera a la de ella. Quería poder dar su opinión, ayudar a tomar decisiones y, sobre todo, amar y ser amada a cambio.

—A pesar de eso, no es necesario que te cases conmigo. En unos cuantos días, podremos confirmar si estoy embarazada. Ha ocurrido algo, ¿verdad?

—¿Acaso no te basta con que yo lo desee?

No. No era suficiente. Ella estaba enamorada de él. Llevaba desde los diecisiete años enamorada de él y lo estaba cada vez más. Lo amaba y quería que él la amara. Podría ser algo ridículo e imposible para un hombre que ya le había dado tanto, pero eso era precisamente lo que anhelaba. No quería conformarse con una relación en la que ella no fuera valorada. Sayid le había enseñado a valorarse y no estaba dispuesta a echarse atrás.

—¿Por qué, Sayid? —insistió.

—Porque es lo correcto.

–¿Tal vez porque yo era virgen?

–Eso también. Te mereces una salida respetable a todo esto.

Una salida respetable. Sonaba tan impersonal, como si fuera un negocio o una estrategia de gobierno. Lina sintió náuseas.

–Ha ocurrido algo. Alguien te ha dicho que yo no soy respetable... ¿Es eso?

–Eso ya no importa. Hubo alguna conversación, pero ya está solucionado. No tienes que preocuparte al respecto.

De repente, todo tuvo sentido. La repentina decisión de Sayid de casarse con ella se debía a que la consideraba un deber y él siempre hacía lo que debía, por muy desagradable que pudiera resultarle. Lina era un deber para él. ¿Cuánto tiempo tendría que pasar para que el deber se transformara en resentimiento?

Le miró a los ojos y trató de leer sus pensamientos. Sayid solo quería hacer lo correcto. Era un buen hombre y solo quería protegerla. Eso era digno de alabanza.

Lina sabía que no podía pedir más. Era una locura pedir amor cuando podría casarse con Sayid. Evidentemente, ella estaba loca porque no podía obligarle a casarse con ella en tales circunstancias. Lo amaba demasiado para encadenarlo a ella de por vida cuando él no sentía nada.

Se le llenaron los ojos de lágrimas al imaginar una vida futura sin amor. Parpadeó con fuerza para que él no lo notara.

–Gracias, Sayid. Te agradezco que estés dispuesto a hacer algo así por mí, pero la respuesta es no. No me puedo casar contigo.

Sayid la miró fijamente. Se sentía completamente atónito. ¿Que no se podía casar con él? ¿Que lo sentía? La reacción de Lina había sido totalmente inaceptable.

El fuego se apoderó de él, abrasándole por dentro y provocando que la furia descendiera sobre él. Lina era su amante. Había compartido su cuerpo con él como si tan solo tuviera un pensamiento en mente: hacerle feliz. Y durante aquella semana, lo había conseguido. Nunca antes se había sentido mejor. Ella había sido la amante perfecta para él en todos los sentidos. Un temblor le recorrió de la cabeza a los pies. Se dijo que se sentía furioso. Indignado.

—Das muchas cosas por sentado —le espetó—. No te he preguntado. He decidido casarme contigo

—Lo has decidido —replicó ella—, y se supone que yo tengo que estar de acuerdo.

Sayid asintió.

—Es lo mejor para ti —afirmó. ¿Acaso no se daba cuenta de que Sayid lo hacía todo por protegerla a ella?

Lina levantó el rostro en un gesto desafiante.

—¡No puedes obligarme a casarme contigo! —exclamó ella con obstinación.

Sayid frunció el ceño y se frotó la nuca con la mano. Había empezado a formársele un fuerte dolor de cabeza. Por primera vez en su vida, deseó saber cómo pensaban las mujeres. Había estado perfectamente satisfecho viviendo en su mundo de hombres y disfrutando de relaciones totalmente superficiales con las mujeres. Hasta entonces, sus relaciones habían sido puramente físicas, no para compartir sentimientos. Por lo tanto, no tenía ni idea de qué motivación pudiera tener ella para negarse.

¿Cómo era posible que no quisiera casarse con él?

—¿Es que hay otro hombre? —le preguntó. Aquello era lo único que se le podía ocurrir—. ¿Alguien con quien quieras...?

—¡No! —replicó ella horrorizada, provocando un profundo alivio en Sayid.

—Sé que todo es muy precipitado —dijo. Decidió que

había llegado la hora de ser magnánimo–, y que es una sorpresa. Dejaré que asimiles la idea –añadió con una sonrisa–, pero te aseguro que todo funcionará, ya lo verás. Serás una consorte estupenda.

–Lo siento, Sayid, pero no voy a casarme contigo.

La impaciencia se apoderó de Sayid. No había sido rechazado en toda su vida. Empezó a andar arriba y abajo por la sala. Necesitaba deshacerse de la furiosa energía que le hacía desear tomarla entre sus brazos y besarla para hacerla entender. Solo le detuvo la promesa que le había hecho de no obligarla por la fuerza nunca a nada. La frustración le desgarraba por dentro, pero se obligó a mantener las distancias.

Lina llevaba puesto uno de sus vestidos occidentales, de color lila en aquella ocasión. Tenía un aspecto sensual y seductor y él se moría de ganas de besarla, desnudarla y reclamar su cuerpo de la manera más primitiva posible. A Sayid le excitaba solo ver la entrecortada respiración.

Eso le enfurecía aún más. Ella estaba allí, totalmente tranquila mientras él se sentía a la deriva. Terminó acercándose a ella, presa del deseo, de la indignación y de la determinación. Lentamente, levantó la mano y observó cómo ella temblaba de anticipación. Le rozó la mejilla con los nudillos y ella entreabrió los labios con una expresión de delicia.

La satisfacción se apoderó de él. Si había habido alguna duda del deseo que sentía hacia él, desapareció inmediatamente. Sayid sonrió posesivamente y le deslizó una mano desde la barbilla hasta uno de los senos. Lina contuvo el aliento y suspiró cuando él comenzó a estimularle el pezón con un dedo. No tardó en erguirse contra la tela y el pulso se le aceleró. Deliberadamente, él abrió la palma de la mano y le agarró el seno entero para luego apretarlo suavemente. Lina cerró los ojos.

Se negaba a pronunciar las palabras, pero él estaba seguro de que no tardaría en ceder.

El cuerpo de Sayid ardía. Tenía la entrepierna dura y tensa, muy caliente. Podría poseerla allí mismo sobre la butaca que tenía Lina a sus espaldas o, mejor aún, sobre el escritorio. Los dos lo deseaban.

Sin embargo, él dejó caer la mano. No sabía si lo hacía por haberse dado cuenta de lo mucho que la necesitaba o por su determinación a no obligarla. Ella abrió los ojos asombrada.

—El matrimonio es lo mejor, Lina.

Lina tardó unos instantes en contestar, pero volvió a negar con la cabeza.

—Ya te he dado mi respuesta, Sayid, aunque no había pregunta ni mucho menos proposición.

—¿Se trata de eso? ¿Quieres que me ponga de rodillas para pedírtelo?

Lina se echó a reír.

—Francamente —dijo con cierta amargura—, no te imagino haciendo algo así. Una proposición así habría estado bien, pero eso no cambia nada. No me puedo casar contigo.

—¿No puedes o no quieres?

—Las dos cosas.

Sayid dio de nuevo un paso hacia ella. Una vez más, levantó la mano, pero se detuvo antes de tocarla.

—Te aseguro que cambiarás de opinión —le susurró. Entonces, captó el aroma de la excitación sexual—. Estás húmeda, ¿verdad, Lina? Me deseas aquí mismo. Quieres dejarte ir conmigo dentro de ti. o con mi mano. O con mi boca.

Lina tragó saliva y Sayid sintió el triunfo en las venas. Ella temblaba de la cabeza a los pies, tratando de luchar contra lo inevitable.

—Quiero que sepas una cosa —añadió él—. No habrá

más sexo hasta que no accedas a casarte conmigo. Ni besos ni orgasmos. Nada hasta que digas que sí.

Lina tenía la respiración muy agitada y las mejillas sonrojadas con un rubor erótico que él reconocía muy bien. Solo hablar de orgasmos la excitaba. Aquella era su debilidad secreta y Sayid no tenía reparo alguno en explotarla.

Sayid se estaba congratulando por haber encontrado la estrategia perfecta para la victoria cuando Lina lo sorprendió dando un paso atrás. Sayid experimentó una sensación fría y dura en el vientre.

—En ese caso, tendré que vivir sin ello —le espetó—. Gracias por la... consideración. Lo siento, pero no puedo aceptar. Haré las maletas y me marcharé de palacio.

Con eso, se dio la vuelta y se dirigió hacia la puerta.

—¡No te vayas! —rugió él—. No te he dado permiso para marcharte.

Lina se dio la vuelta muy lentamente. Cuando lo hizo, en vez de enfrentarse a él, se dejó caer al suelo en un gesto antiguo de obediencia. La clase de gesto que él aborrecía.

«Maldita Lina», pensó él. Lo había hecho deliberadamente.

Ella levantó la vista por fin. Tal vez estaba tirada sobre el suelo como una obediente cortesana, pero los ojos le echaban fuego.

—En realidad, no me quieres, Sayid. Simplemente no te gusta que te lleven la contraria. Cuando lo pienses bien, te darás cuenta de que es mejor que yo me vaya.

Sayid apretó los puños. ¿Cómo se atrevía ella a decirle lo que deseaba? Estaba haciendo aquello por ella, porque lo que le ocurriera le importaba, pero ella se lo tiraba todo a la cara.

—Puedes levantarte —le dijo. No pensaba rebajarse

más. Lina se levantó de la alfombra–. Ahora, puedes marcharte, pero no hagas las maletas. No puedes abandonar el palacio.

–Pero es mejor que yo...

–Accediste a trabajar para mí para pagar la deuda que tienes conmigo y luego, como alternativa, accediste a ser mi amante durante siete días. Solo hemos disfrutado de cinco días juntos, así que la deuda no está saldada.

Lina abrió la boca para protestar, pero la cerró rápidamente, lo que le importaba era que no estaba consiguiendo lo que deseaba.

–Eso significa que aún estás en deuda conmigo por tu educación. Les diré a mis empleados que volverás a trabajar con ellos. Ya hablaremos más tarde de cuánto tiempo necesitas para subsanar la deuda.

Con eso, se volvió hacia su escritorio. Sabía que la tenía. Su honor no le permitiría marcharse hasta que no hubiera pagado la deuda. Con el tiempo, Lina terminaría dándose cuenta de lo beneficioso de aquel plan. Además, dada su apasionada naturaleza, no tardaría en estar llamando a su puerta para suplicarle que le hiciera el amor.

Ocultó una sonrisa de satisfacción cuando se sentó a su escritorio y miró hacia la puerta. Lina se había marchado, pero Sayid estaba seguro de haber ganado.

Tan solo era cuestión de esperar hasta que ella lo admitiera.

Capítulo 13

PASÓ un día. Luego dos. Al tercero, la seguridad que Sayid tenía en sí mismo se transformó en intranquilidad, pero no se rindió. Tenía todos los ases en la mano y no iba a ceder. Lina era suya.

Los tres días se convirtieron en cinco, luego en una semana y, por fin, la paciencia lo abandonó. Le costaba dormir y cuando lo conseguía tan solo soñaba con Lina torturándole con su hermoso cuerpo y su desafiante actitud.

Tenía constantes dolores de cabeza porque estaba siempre en tensión. Además, tenía una dolorosa sensación en el vientre que no había experimentado nunca antes. Se preguntó si podría ser miedo, pero decidió que, dado que era militar, resultaba totalmente imposible.

Lina lo evitaba. La única ocasión en la que estuvieron cerca fue dos días después de su ultimátum. Debía de haber estado esperándolo porque apareció de improviso mientras él se dirigía a una audiencia con líderes provinciales. Sayid estaba solo, dado que Makram ya había entrado en la sala.

Sayid la miró triunfante porque había estado seguro de que ella había ido a verlo para capitular. Sin embargo, Lina realizó una de esas malditas reverencias como si él fuera un perfecto desconocido y lo miró con gesto impersonal.

–He venido a tranquilizarte –le dijo–. No estoy embarazada.

Entonces, justo cuando Sayid abría la boca para responder, se marchó tan rápidamente que casi lo hizo corriendo.

Sayid se quedó boquiabierto. Además, tampoco fue alivio lo que sintió cuando se enteró de que ella no estaba embarazada. Estaba seguro de que Lina hubiera accedido a casarse con él si hubiera estado esperando un hijo suyo. Y a él le habría encantado que así fuera.

Nunca había deseado especialmente tener una familia, aunque sabía que era su deber. Sin embargo, la idea de tener hijos con Lina sí le resultaba apetecible. Quería tener hijos con ella, reclamarla, conseguir que todo el mundo supiera que era suya y de nadie más.

Por todo ello, una semana después de que le pidiera en matrimonio, Sayid decidió que ya había tenido suficiente. Había sido más paciente de lo que lo hubiera sido nadie en sus circunstancias. Sentía algo por ella y quería que fuera una mujer feliz. Además, la llevaba en la sangre y en el pensamiento cada minuto del día. Tenía que resolver aquella situación.

Era tan temprano que podría ser que ella aún estuviera en la cama. Abrió la puerta del apartamento de Lina desde el patio privado. Por suerte, ella no la había cerrado. Pensó que tal vez si la encontraba dormida podría encontrarla más vulnerable a la persuasión.

Sin embargo, ella estaba despierta y totalmente vestida con una larga túnica que la cubría desde la cabeza a los pies. Parecía acabar de haber salido del cuarto de baño.

—Sayid, ¿qué pasa?

Él la miró y se dirigió a una de las butacas que tenía en el salón para tomar asiento. Entonces, le indicó a ella que hiciera lo mismo.

—Tenemos que hablar. Sobre el matrimonio.

Ella palideció al instante.

—No hay nada de que hablar.

—No me has dado ninguna razón y creo que me merezco una explicación.

Lina permaneció de pie con la cabeza baja, como si tuviera el peso del mundo sobre los hombros. Por fin, se irguió y lo miró a los ojos.

—Tú me liberaste. Me diste el derecho de elegir un futuro. Yo vine a ti convencida de que no había opción y de que debía hacer lo que me mandaras.

Sayid sintió ganas de vomitar.

—¿Me estás diciendo que tuviste relaciones sexuales conmigo porque te sentiste obligada? —exclamó él poniéndose de pie. Estaba empapado en sudor.

—¡No, no! —exclamó ella—. Estoy hablando de la primera vez cuando vine a palacio. No creo que comprendas lo que tu generosidad supuso para mí. Me liberaste, me hiciste fuerte. Me diste respeto y esperanza. En cuanto a nuestro... sexo, elegí aceptar tu sugerencia porque... porque deseaba hacerlo.

Sayid frunció el ceño. ¿Acaso ya no lo deseaba más? Resultaba imposible que él se sintiera torturado por su ausencia y que Lina no sintiera nada.

—Eras feliz conmigo, pero, a pesar de todo, no quieres ser mi esposa —dijo—. ¿Por qué?

—En realidad, tú no quieres casarte conmigo, Sayid. Simplemente te sientes obligado, pero la obligación no es el camino para la felicidad.

—¿Me rechazas porque quiero protegerte? —le preguntó. No tenía sentido—. ¿Te ofrezco mi apellido, mi riqueza y mi protección y no te parece suficiente?

—No, no lo es —afirmó ella—. Tú me ayudaste a creer en mí misma, a ver que podría darle a mi vida la forma que deseara, que tenía el derecho a ser independiente. Yo he decidido que deseo... mucho más del matrimonio.

–¿Más que yo? –le preguntó él con incredulidad.

Sayid tenía razón. Era la clase de hombre con el que soñaban todas las mujeres. Cariñoso, generoso, apasionado y guapo. Tenía dinero, poder... Ella había tenido que decirle que no porque le amaba. Porque una relación desigual tan solo podía llevar a la infelicidad.

–Yo quiero a un hombre que me quiera por mí misma. Quiero amar, Sayid. Sé que no es así como funcionan los matrimonios de las familias reales. Ni siquiera en mi propia familia no son necesariamente por amor, pero yo deseo más que un protector y alguien que me proporcione todo lo que deseo. No quiero estar eternamente en deuda con mi esposo por haberme salvado ni sentirme agradecida por que se dignara a elegirme a pesar de nuestras diferencias sociales. He visto lo que eso le hizo a mi madre. Destruiría el respeto que debo tener por mí misma.

Sayid se dirigió a la ventana y se colocó de espaldas a ella

–Evidentemente, todo eso es más importante para ti que yo.

–Tengo sentimientos por ti, Sayid...

Él se dio la vuelta rápidamente. Tenía el rostro muy tenso.

–Pues tienes una extraña manera de demostrarlo.

–¿Acaso crees que debo acceder a todo lo que tú digas o hagas? Pues claro que siento algo por ti. Empecé a sentirlo cuando te portaste tan bien conmigo. Cuando no te aprovechaste de mí y me diste el maravilloso regalo de la educación. Sentí algo por ti a pesar de que tú jamás expresaste orgullo por mí o por algo que hubiera hecho. Cuando...

–¿De verdad pensabas que no estaba orgulloso de ti? Pero si te invité a representar a palacio en eventos muy importantes y a todas las celebraciones en palacio.

–Nunca me dijiste nada.

–En ese caso, déjame que te diga ahora que no siento nada más que admiración por todo lo que has conseguido, Lina. Pocas personas podrían haberse adaptado y haber salido con éxito del modo en el que lo hiciste tú –dijo él con sinceridad.

–Gracias.

Sin embargo, no era solo la aprobación de Sayid lo que ella buscaba.

–Sentía por ti lo suficiente como para aceptarte como amante y así sigue siendo, aunque últimamente te has comportado como un niño pequeño con una rabieta, enfadado porque no te puedes salir con la tuya.

–¿Una rabieta?

–Así es. Diciéndome que no tenía permiso para marcharme de tu presencia, utilizando tu posición como medida de presión porque yo no hacía lo que querías. Pensaba que admirabas a la gente que te decía la verdad en vez de darte la razón constantemente.

–Eso es diferente. Esto es sobre nosotros.

–No hay un «nosotros». Éramos amantes, pero eso ha terminado. Tú decidiste terminarlo. Ahora, quieres obligarme a casarme contigo porque crees que salvará mi reputación –le espetó ella con las manos en las caderas–. No me importan los chismes. Estoy contenta con las decisiones que he tomado en mi vida. He vivido demasiados años preocupándome por las sensibilidades de otros, sintiéndome obligada a ser una esclava porque eso era lo que a mi familia le parecía bien para mí. Pues quiero que sepas, Sayid, que puedo soportar las habladurías de personas que no significan nada para mí, pero no podría sobrevivir atada a un hombre que me considere como un deber o como alguien que debe rendirle obediencia. Un hombre que terminara odiándome porque no se había casado conmigo por amor o cariño. Yo quiero más –añadió por fin–. Creo que tengo el derecho de tratar de encontrar la felicidad. Me niego a que se me trate como una mercancía o como un problema. El respeto que tengo por mí misma es mucho mayor que eso.

¿Y el respeto que Sayid tenía por sí mismo? Le había ofrecido matrimonio y ella lo había rechazado. Sayid se sentía entre dos frentes. Por un lado, estaba orgulloso de Lina y por el hecho de que ella se negara a ser dominada, pero, al mismo tiempo, le horrorizaba que ella esperara amor.

Se había dicho que ella era una persona eminentemente práctica. Era una de las características que admiraba en ella. Sin embargo, parecía que ella era en realidad y en secreto, una romántica.

Las palabras se le agolpaban en la boca. Palabras imposibles para expresarle que quería que se quedara, pero ella tenía razón. Se le había negado anteriormente el derecho a decidir. Él no podía volver a quitárselo. No importaba lo mucho que la necesitara. Sin embargo, se dio cuenta de repente, y con sorprendente claridad, de que no se imaginaba la vida sin ella.

Contuvo la necesidad de agarrarle las muñecas para estrecharla contra su cuerpo y convencerla con la boca y el cuerpo de que ella lo necesitaba.

–Terminaré mi trabajo antes de marcharme a buscar otro empleo. Voy a ahorrar para prepararme para ser intérprete. El *senhor* Neves incluso ha hablado de ayudarme.

Sayid apretó los dientes para no decir lo que el *senhor* Neves podía hacer con su oferta. La sangre le hervía en las venas. Sintió la tentación de expulsarlo del país, a él y a todo su equipo, pero sabía que no iba a hacerlo. Era lo que su tío habría hecho si le hubiera enojado. O también podría ser el comportamiento de un hombre adulto que se comportaba como un niño con una rabieta.

Comprendió que Lina tenía razón. Todos aquellos años tratando de aprender moderación y, de repente, allí estaba, comportándose abominablemente porque se le había contrariado. Lina había visto lo peor de él. No era de extrañar que no quisiera tener nada más que ver con él.

—No hay necesidad. Considera tu deuda pagada. Eres libre para marcharte de palacio.

Capítulo 14

SAYID no recordaba haberse marchado de las habitaciones de Lina, ni siquiera haber llegado a las suyas propias. No obstante, se encontró aferrado a la balaustrada de mármol de su balcón privado. Ante él se extendía la capital de Halarq, una mezcla de lo antiguo y lo moderno que, incluso a aquella hora tan temprana, bullía de vida. Y, más allá, la llanura que terminaba convirtiéndose en el desierto.

Deseó estar allí, en las dunas, lejos de todo lo que le recordara a Lina. Desgraciadamente, había deseado llevarla allí para mostrarle las estrellas. En la dirección opuesta estaba el centro de la comunidad que habían visitado juntos y el antiguo zoco. El lugar donde había bailado en la boda y en el que él se había esforzado por exhibirse delante de ella con la esperanza de conseguir que se sintiera orgullosa de él.

Todo le recordaba a Lina. Hasta el sol que le caía sobre las manos y la cabeza le recordaba a ella. La calidez que sentía cuando hacían el amor, pero cuando ella le sonreía, cuando bromeaba con él y lo miraba con tanta ternura, él había sentido...

Sayid se sobresaltó y sintió que se le aceleraba el corazón. Lina lo había mirado con mucha ternura, pero él jamás se había cuestionado lo que aquello significaba, igual que nunca había examinado sus propios sentimientos más allá del orgullo, del placer y de la satisfacción. Durante toda su vida, se había esforzado por emular a su padre en vez de a su tío, centrándose en la moderación y en el honor por encima de todas las cosas. Sin embargo, nada de esas características se había reflejado en el modo en el que había tratado a Lina a excepción, tal vez, de al principio, cuando tuvo la fuerza de voluntad necesaria para alejarla de su lado. Se había dicho que no había nada malo en sus actos, pero el hecho era que todo lo que había hecho era por su propio interés.

Deseaba a Lina, siempre la había deseado y, si la desolación que lo envolvía resultaba de alguna indicación, siempre la desearía. Había estado tan centrado en sí mismo que se había olvidado de ella. Su tío había sido incapaz de preocuparse por nadie más que por sí mismo, pero su padre había sido diferente. Fuerte soldado y líder nato, había sido un hombre de un gran corazón. Había amado a la madre de Sayid con devoción y ella había correspondido a sus sentimientos.

Aspiró profundamente. Recordó el modo en el que Lina lo miraba, la calidez de sus ojos. Había dicho que sentía algo por él.

En aquel momento, por primera vez, Sayid se paró a pensar en eso. Se obligó a pensar en los sentimientos y, para hacerlo, necesitó más valor que nada de lo que hubiera hecho antes.

De repente, contuvo el aliento. Lo había comprendido todo. Por fin se daba cuenta de que se había pasado demasiado tiempo ocultando sus sentimientos, fingiendo que no existían. Sin embargo, claro que estaban allí. Eran profundos y lo abarcaban todo de tal manera que tuvo que preguntarse cómo había podido fingir que no estaban presentes.

Se echó a temblar de una manera que parecía surgir del miedo más profundo que había conocido nunca, un miedo que había provocado que Lina lo despreciara, que ya no sintiera nada por él.

La adrenalina se apoderó de él. De repente, su cerebro entró en un estado de alerta. Las palabras no bastarían para deshacer el daño que había hecho y probablemente tardaría años en conseguir que ella volviera a confiar en él, eso si ella le permitía acercarse lo suficiente para intentarlo. No obstante, tenía que convencerla de sus sentimientos.

De repente, le pareció que negociar un tratado de paz con Huseyn de Jeirut era algo muy sencillo, un juego de niños comparado con lo que se enfrentaba. Las dudas se apoderaron de él, no sobre sus sentimientos, sino sobre sus posibilidades de éxito.

El terror se hizo dueño de él y le dificultó la respiración. Sin embargo, decidió que se obligaría a seguir adelante. No podía rendirse sencillamente porque no podía imaginarse su mundo sin Lina formando parte de él.

Lina mantuvo la cabeza alta mientras atravesaba el amplio vestíbulo. El chambelán le había asegurado que le llevarían al taxi la maleta que tan rápidamente había preparado. Durante un instante, había sentido la tentación de salir por la puerta de servicio, por la que había llegado a palacio hacía muchos años, para no tener que despedirse de nadie, pero, al final, el orgullo le había exigido que saliera por la puerta principal. Además, había prometido que iría al despacho de Makram para despedirse de él antes de marcharse. Por supuesto, no era para tratar de ver a Sayid por última vez, sino para darle las gracias a su secretario por su amabilidad y amistad.

A medio camino, empezó a escuchar unos pasos a sus espaldas. Se acercaban cada vez más. El vello se le puso de punta en la nuca y tragó saliva.

No era Sayid. Su mente le estaba jugando una mala pasada. No podía serlo. Si Sayid se encontrara con ella, se daría la vuelta en seco y se marcharía por otro lado. Las cosas que le había dicho...

–¡Lina!

Los ojos se le llenaron de lágrimas. Siguió andando. En la distancia, vio a unos consejeros de Sayid charlando y una de las consejeras de educación avanzaba por otro pasillo. Aquel era un lugar demasiado público para enfrentarse con Sayid.

En realidad, decidió que no importaba dónde estuvieran. No podía hablar con él y mucho menos cuando la pena y la tristeza se habían apoderado de ella.

–¡Lina, por favor!

Sayid estaba a punto de alcanzarla. Había algo en su voz que la empujó a detenerse. Se dijo que su propia desesperación le había hecho imaginarlo. Era imposible que Sayid se sintiera así.

–¿Es que no vas a mirarme? –le preguntó él por fin con voz profunda.

Ella parpadeó con fiereza para contener las lágrimas. No era justo.

–Por favor...

Lina se sentía muy débil en presencia de Sayid. Había tratado de ser fuerte durante mucho tiempo, pero ya no tenía fuerzas. Suspiró y rezó en silencio. Entonces, se dio la vuelta.

Aquel hombre le quitaba el aliento. Por una vez, no fue por la atracción que sentía por él, sino por la expresión. Incluso su postura parecía diferente. Nada de arrogancia ni de seguridad en sí mismo. Tenía un aspecto derrotado. Nervioso.

Cuando él le agarró los codos, trató de dar un paso atrás, pero las manos de Sayid se lo impidieron.

–Por favor, no... tenemos que hablar –suplicó.

–Aquí no. Es un lugar demasiado público –replicó ella a pesar de que el sentido común le decía que se marchara de allí.

–Por eso tiene que ser exactamente aquí.

–No te comprendo.

–Te mereces mucho más que una aventura en secreto, Lina. Como si no fueras lo suficientemente buena para que te reconociera como tal públicamente.

–Sé que quieres hacer lo adecuado por mí públicamente, pero el matrimonio...

–¡No! No es eso lo que deseo.

Lina frunció el ceño. ¿Ya no quería casarse con ella? Por supuesto que no. Lo había rechazado e insultado. Un hombre orgulloso como Sayid no iba a tolerar más desprecios.

–Te pedí que te casaras conmigo... No, ni siquiera tuve la decencia de pedirte que te casaras conmigo, ¿verdad?

De repente, Lina se sintió muy asustada. Sayid estaba temblando. Ella nunca lo había visto así, tan vulnerable. Le colocó las manos sobre el torso y le agarró las solapas del traje.

–Sayid, ¿qué te pasa? –le preguntó. No debería importarle, pero no podía evitarlo.

–No me merezco tu preocupación, Lina. Al menos no todavía. Te dije que el matrimonio te protegería, que lo que me preocupaba era tu reputación y era cierto, pero te mentí de todos modos. No me siento orgulloso, como tampoco lo estoy del modo en que te he tratado a ti. Tenías razón, me comporté como si fueras un juguete en mis manos, como si tuviera derechos sobre ti y nadie tiene esa potestad, Lina.

Ella asintió. Poco a poco, había empezado a sentir un alivio donde antes solo había habido dolor. Significaba tanto para ella que él comprendiera...

–¿En qué me mentiste?

–Te mentí cuando te hice creer que lo que me preocupaba era tu reputación. En ese momento, lo creía. Era
eso y el deseo, claro. Lo que no te dije, lo que no quise
reconocer, es que sentía algo por ti, no como amante ni
pupila. No porque fueras mi responsabilidad, sino porque eres la única mujer a la que he amado en toda mi
vida.

Lina escuchó aquellas palabras y vio por primera
vez la verdad en aquellos ojos oscuros. Le afectó tanto
lo que descubrió que se tambaleó y, si Sayid no la hubiera sujetado, habría terminado en el suelo.

–¡Lina! ¿Te encuentras bien?

–¿Hablas en serio?

–Más que en serio. Eres el sol y las estrellas de mi
vida, *habib albi*. Mi corazón y mi alma. Haces que desee ser un hombre mejor.

Lina sintió que se le hacía un nudo en la garganta de
la emoción. Casi no tuvo tiempo de darse cuenta de que
él se había arrodillado sobre una pierna delante de ella.

–Sayid, ¿qué estás haciendo?

–Demostrándote lo mejor que puedo que te amo.
Que, diga lo que diga la sociedad, yo nunca podré ser
superior a ti. En muchos sentidos, eres mejor y más
fuerte que yo. Además –añadió con una sonrisa–, creo
que esta es la postura habitual de un hombre que le pide
matrimonio a la mujer que ama.

«La mujer que ama».

Lina no se lo podía creer, pero aquellas palabras
habían resonado en sus oídos y sonaban completamente
sinceras.

Entonces, por encima de la cabeza de Sayid, Lina
captó movimiento. Poco a poco, las personas que pasa-
ban por allí comenzaron a detenerse, pendientes de lo
que estaba ocurriendo entre Sayid y Lina.

–Todos nos están mirando. No puedes hacer esto aquí. Todos van a empezar a hablar...

–Que hablen. Soy hombre antes que emir y me siento orgulloso de mis sentimientos por ti. Te amo, Lina. Quiero que te cases conmigo porque te amo y espero que, tal vez, yo te importe lo suficiente para que estés de acuerdo conmigo.

Lina se sintió pletórica de alegría. Sayid la amaba.

Él le agarró la mano con la suya.

–¿No tienes nada que decir?

–Levántate primero.

–Pero yo...

–Te lo ruego, Sayid... no quiero que estés de rodillas ante mí. Quiero que seamos iguales.

Sayid se levantó y le agarró los codos.

–¿Y lo somos?

Lina asintió en silencio.

–Llevo amándote desde que tenía diecisiete años. Ahora no puedo dejar de amarte, por mucho que me esfuerce.

Sayid la estrechó entre sus brazos.

–No quiero que lo hagas. No quiero que dejes de amarme nunca. Quiero que seas mi amante, mi compañera, mi esposa. Para siempre.

Sayid se metió una mano en el bolsillo. Entonces, sacó un puñado de perlas, enormes y seguramente muy valiosas. Levantó la mano y se las ofreció a ella. Lina se dio cuenta de que se trataba de un collar de perlas que llevaba un colgante con una hermosa amatista.

–¿Del tesoro real? –le preguntó ella. Había oído hablar de la legendaria colección.

–El colgante sí. Fui a buscar algo específicamente para ti. No consigue igualar la belleza de tus ojos. Sin embargo, las perlas no son del tesoro real, pero su significado es más importante para mí. Son el regalo de compromiso que mi padre le dio a mi madre. Son un símbolo de amor, gratitud y fidelidad.

Lina sintió que se le hacía un nudo en la garganta.

–¿Quieres aceptarme como tu único y verdadero amor? Porque eso es lo que tú eres para mí. La única mujer que amaré jamás. La única mujer con la que podría compartir mi vida.

A Lina se le llenaron los ojos de lágrimas, en aquella ocasión de alegría.

–Sí, quiero. Para siempre.

Sayid, sin importarle el protocolo, hizo algo que nunca antes había hecho en aquel enorme vestíbulo. La tomó entre sus brazos y la levantó para dar vueltas con ella gritando de alegría y de triunfo. Entonces, la volvió a dejar sobre el suelo y la besó con toda la ternura y el amor que una mujer pudiera desear.

Bianca

Descubrió dónde se escondía su esposa desaparecida… ¡y el secreto que le ocultaba!

AMARGA NOCHE DE BODAS

Abby Green

El matrimonio entre Nicolo Santo Domenico y la heredera Chiara era de pura conveniencia… ¡hasta que llegó su apasionada noche de bodas! Pero, cuando Chiara se dio cuenta de que la razón por la que Nico la había seducido era tan fría como su corazón, decidió huir y no mirar atrás. Meses más tarde, Nico la localizó ¡y descubrió que estaba en estado! Para reclamar a su bebé, Nico iba a tener que hacer suya a Chiara… de verdad.

Acepte 2 de nuestras mejores novelas de amor GRATIS

¡Y reciba un regalo sorpresa!

DESEO

*A aquel multimillonario no le iba el trabajo
en equipo... ¡hasta que la conoció!*

Tentación en
Las Vegas

MAUREEN CHILD

Cooper Hayes se negaba a compartir con nadie su imperio
hotelero, y menos aún con Terri Ferguson, la hija secreta de
su difunto socio, por muy bella que fuera. Estaba obsesionado
con comprarle su parte de la compañía y con las fantasías pe-
caminosas que despertaba en él, pero Terri, aunque sí estaba
dispuesta a compartir su cama, no dejaría que la apartara del
negocio. ¿Hasta dónde estaría dispuesto Cooper a llegar por
un amor que el dinero no podía comprar?

Bianca

No tenía elección, tenía que casarse con él

BATALLA SENSUAL

Maggie Cox

Lily no había imaginado que su casero, que quería echarla de casa, sería el atractivo magnate Bastian Carrera.

La hostilidad inicial los había llevado a un encuentro extraordinariamente sensual cuyas consecuencias fueron sorprendentes. Para reivindicar su derecho a ejercer de padre y a estar con la mujer que tanto lo había hecho disfrutar, Bastian le pidió a Lily que se casase con él. ¿Pero podía ser ella completamente suya cuando lo único que le ofrecía era un anillo?